CW01072497

J. P. Salignac

Essai d'analyse chimique de l'eau sulfureuse de Garris BassesPyrénées

J. P. Salignac

Essai d'analyse chimique de l'eau sulfureuse de Garris BassesPyrénées

Réimpression inchangée de l'édition originale de 1838.

1ère édition 2024 | ISBN: 978-3-38509-526-7

Verlag (Éditeur): Outlook Verlag GmbH, Zeilweg 44, 60439 Frankfurt, Deutschland
Vertretungsberechtigt (Représentant autorisé): E. Roepke, Zeilweg 44, 60439 Frankfurt, Deutschland
Druck (Imprimerie): Libri Plureos GmbH, Friedensallee 273, 22763 Hamburg, Deutschland

DU DUEL,

SOUS LE RAPPORT

DE LA LÉGISLATION ET DES MŒURS,

SUIVI

DE L'ORDONNANCE DE LOUIS XIV EN 1651,

DU RÉQUISITOIRE DE M. DUPIN,

PROCUREUR GÉNÉRAL,

ET DE L'ARRÊT DE LA COUR DE CASSATION DU 22 JUIN 1837;

PAR AUG^TE NOUGARÈDE DE FAYET,

AVOCAT ET ANCIEN ÉLÈVE DE L'ÉCOLE POLYTECHNIQUE.

A PARIS,

CHEZ CAPELLE, LIBRAIRE-EDITEUR,

RUE DES GRÈS, N° 5, PRÈS DE LA SORBONNE.

1838.

AVANT-PROPOS.

Je me suis proposé deux objets différents dans cet Essai : d'abord, de faire bien connaître aux hommes du monde, aux jeunes gens qui peuvent être obligés de recourir au duel, les peines sévères que vient d'établir la nouvelle jurisprudence de la Cour de cassation, et que beaucoup d'entre eux ignorent; ensuite, de faire un appel à leur jugement contre cette même jurisprudence, que je crois aussi contraire à l'opinion et aux moeurs qu'à une saine interprétation du Code pénal.

Ainsi qu'on va le voir, l'interprétation alléguée repose sur le mode de rédaction des lois sous l'empire : à même par ma famille de connaître cette rédaction dans ses moindres détails, j'ai pu rectifier les erreurs que l'on a commises ; je prie seulement le lecteur de me pardonner les développements dans lesquels j'ai été obligé d'entrer ; la nécessité de reproduire tout le mécanisme législatif de cette époque, mécanisme compliqué par lui-même et plus encore par les déguisements dont l'empereur environnait son pouvoir, m'a entraîné plus loin que je n'aurais voulu ; l'importance du sujet sera mon excuse.

Je veux du reste envisager la question du duel sous le seul point de vue de notre époque, et sans aller rechercher jusque dans les premiers temps du moyen âge son origine et ses coutumes :

Qu'importe en effet aujourd'hui qu'il vienne du jugement de Dieu, ou, comme je le crois, de l'usage où étaient les seigneurs de marcher toujours armés ; qu'importe que la fraternité d'armes y eût introduit l'usage des seconds, qui ne subsiste plus maintenant ; qu'importe enfin que les rois se soient fait quelquefois un spectacle et un amusement des combats entre leurs favoris : ce qu'il faut voir, c'est le duel tel qu'il existe à présent ; ce qu'il faut considérer, c'est notre esprit actuel et nos mœurs, et c'est là aussi que je veux puiser toutes mes observations.

D'après ce que j'ai dit en commençant, cet Essai se divisera naturellement en deux parties : dans la première, j'exposerai les motifs et les résultats du système adopté par la Cour de cassation au sujet du duel ; la seconde sera consacrée à des considérations générales sur le duel lui-même et sur ce que le législateur peut et doit faire à son égard.

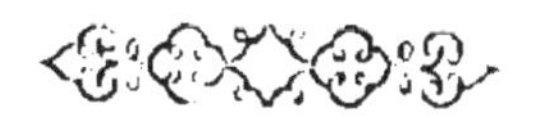

PREMIÈRE PARTIE.

DU DUEL.

PREMIÈRE PARTIE.

Tout a concouru à donner aux arrêts [1] que la Cour de cassation a rendus dans ces derniers temps au sujet du duel un retentissement profond : d'abord, la question en elle-même, cette question qui touche de si près à nos mœurs et à nos usages, à laquelle se rattachent tant de souvenirs, dans laquelle surtout se trouvent engagés ces sentiments d'honneur si chers à tous les cœurs français; puis la portée de ces arrêts, auxquels la Cour de cassation, usant du pouvoir dont l'a investie la loi d'interprétation du 1er avril 1837 [2],

[1] 22 juin et 15 décembre 1837.

[2] D'après cette loi, en effet, lorsque deux arrêts successifs de Cours royales, dans une même affaire, ont été cassés, la Cour suprême, en renvoyant à la troisième Cour royale, lui fixe le sens du point de droit : ainsi, au lieu qu'autrefois les arrêts de la Cour de cassation n'étaient que de simples jugements auxquels sa haute sagesse donnait une grande autorité, mais dont néanmoins les Cours royales pouvaient s'écarter, aujourd'hui elle peut imposer aux Cours royales ses décisions. Ainsi, elle a par le fait le pouvoir de législation interprétative; et ce qui a transpiré de ses délibérations et les prescriptions faites aux procureurs généraux, tout annonce qu'elle veut user contre le duel de toute l'étendue de ce pouvoir.

semble décidée à attribuer l'autorité de véritables lois interprétatives; enfin, le changement que ces arrêts ont introduit, changement immense, car au principe de la tolérance pour le duel ils ont fait succéder celui d'une excessive rigueur.

Jusqu'alors, en effet, quand tout s'était passé loyalement, le duel n'était pas puni, quelles que fussent d'ailleurs ses conséquences; d'après la nouvelle jurisprudence de ces arrêts, tout homme qui, même dans un duel loyal, aura tué son adversaire, devra être regardé comme meurtrier, et poursuivi et puni comme tel; tout homme qui aura fait à son adversaire des blessures plus ou moins graves devra être poursuivi comme coupable d'un crime emportant les galères ou d'autres peines afflictives et infamantes.

Il s'agit maintenant de savoir laquelle, de l'ancienne jurisprudence ou de la nouvelle, est fondée sur le véritable sens du Code pénal.

Il s'agit de savoir si l'on doit conclure du silence que ce Code a gardé au sujet du duel que le législateur n'a pas voulu le punir, ou qu'il l'a regardé au contraire comme compris dans les dispositions générales relatives au meurtre et aux autres actes de violence contre les personnes [1]; il s'agit enfin de savoir (et c'est sous cette dernière forme que la question s'est pré-

[1] Art. 295, 296, 297, 302, 309 et 310 du Code pénal.

sentée) si, lorsque dans un duel un des combattants a tué ou blessé son adversaire, les Cours royales peuvent, néanmoins, le relaxer de la plainte en se fondant sur la loyauté du duel, ou si elles doivent le renvoyer toujours devant les Cours d'assises.

Le premier de ces deux systèmes avait été admis depuis le Code pénal : c'était la Cour de cassation elle-même qui l'avait établi en 1819, puis consacré en 1828 par l'arrêt le plus solennel ; aujourd'hui elle revient sur cette jurisprudence pour adopter le système contraire.

Nous allons examiner les motifs qui ont déterminé ce changement et les conséquences qui en résultent : c'est là, comme on l'a vu, l'objet de la première partie de cet Essai.

Et d'abord, quels sont les motifs de la nouvelle jurisprudence ? Nous les trouverons dans les considérants de l'arrêt de la Cour de cassation, et surtout, et avec plus de développements, dans le réquisitoire de M. le procureur général Dupin, qui a apporté, ainsi qu'il le déclare lui-même, un soin tout particulier à cette question du duel [1].

Après avoir énoncé le système qu'il proposait

[1] Quoique j'aie reproduit toutes les parties de l'arrêt et du réquisitoire nécessaires à mon sujet, j'ai cru devoir les donner en entier pour les personnes qui désireraient les lire et qui n'auraient pas sous la main un recueil de jurisprudence. On les trouvera ci-après, p. 41.

à la Cour de cassation d'adopter, et que nous venons d'expliquer : « Si l'on doute, dit M. le « procureur général, que le Code pénal com- « prenne le duel dans ses dispositions contre les « actes de violence, que l'on consulte les inter- « prètes naturels de ce Code; que l'on interroge « M. de Montseignat, qui, portant la parole « dans le Corps législatif au nom de la commis- « sion de législation, déclare positivement que « le duel se trouve compris dans les dispositions « générales du projet de loi ; que l'on interroge, « pour connaître spécialement la pensée du Con- « seil d'état, qui avait conçu et rédigé ce projet, « M. Treilhard, celui de tous les membres du « Conseil d'état qui avait le plus contribué à « cette rédaction : à lui aussi on demandait un « jour les motifs du silence que ce Code avait « gardé sur le duel : On ne lui a pas fait, répon- « dit-il, l'honneur de le nommer. »

Qu'est-ce à dire et que signifie cette singulière réponse ? On a bien fait au viol, à l'adultère, à tous les crimes, l'honneur de les nommer : qu'a donc le duel de si épouvantable que l'on n'ait pu se résoudre à en souiller sa bouche ? La loi de Solon ne parlait pas du parricide, est-ce donc que le duel est plus monstrueux encore ? On prétend que l'opinion s'égare, qu'elle consacre une coutume meurtrière, immorale, impie, et l'on n'a pas fait à l'opinion l'honneur de l'éclairer, de corriger son erreur ! En vérité, si un pareil argument n'était pas sorti de la bouche de M. Dupin, je n'aurais pas, je l'avoue, osé le relever ; mais c'est qu'il y revient en plusieurs endroits de son discours avec une sorte de prédilection ; c'est qu'il en conclut la chose la plus importante peut-être dans cette question, la pensée du Conseil d'état ; c'est enfin que M. Dupin, qui trouve tout simple que le Conseil d'état n'ait pas fait au duel l'honneur de le nommer, trouve plus simple encore qu'il lui ait fait l'honneur de le sous-entendre.

Certes, M. Treilhard n'est pas le seul magistrat éminent qui se soit laissé aller à de semblables brusqueries sur des matières importantes ; mais, jusqu'à présent, on les avait considérées pour ce qu'elles étaient, et c'est la première fois que je vois invoquer une véritable boutade de conversation pour expliquer la pensée d'un corps aussi grave que le Conseil d'état, et motiver une condamnation capitale.

Venons maintenant au second moyen d'interprétation tiré du discours de M. de Montseignat : les paroles de cet orateur sont, en effet, positives. Il déclare expressément que, « si l'on n'a « pas désigné particulièrement l'attentat aux per- « sonnes connu sous le nom de duel, c'est qu'il

« se trouve compris dans les dispositions géné-
« rales du projet de loi .... » Et plus loin :
« Ce projet n'a pas dû particulariser une espèce
« qui est comprise dans un genre dont il donne
« les caractères..... »

Si ces paroles pouvaient servir à suppléer au silence de la loi, si M. de Montseignat avait eu mission et pouvoir d'interpréter devant le Corps législatif le sens du Code pénal, son discours formerait en effet une autorité sans réplique; mais aussi il n'y aurait jamais eu de doute, jamais de variations dans la jurisprudence; personne n'eût osé contredire un texte aussi précis. Mais c'est que personne aussi jusqu'à présent ne l'avait regardé comme devant faire autorité.

Pour bien établir ce fait, qui est fondamental dans la question, reportons-nous par la pensée à l'époque où fut rédigé le Code pénal.

Les lois alors n'étaient pas discutées, comme aujourd'hui, article par article, dans le sein du Corps législatif : le gouvernement, l'empereur, faisait rédiger par le Conseil d'état les projets de lois qu'il jugeait nécessaires : présentés ensuite au Corps législatif, ces projets étaient renvoyés par cette assemblée à sa commission permanente de législation : ils y étaient examinés; si cette commission n'approuvait pas la rédaction adoptée par le Conseil d'état, elle se réunissait avec lui en conférence; là, on se mettait d'accord, puis la commission, par l'organe de son rapporteur, exposait au Corps législatif son opinion sur l'utilité de la loi proposée; la discussion était ouverte entre les orateurs du Conseil d'état et les membres de la commission; enfin, le Corps législatif votait sur le projet dans son ensemble, sans y pouvoir rien changer ou amender.

« Or, dit M. Dupin, outre l'autorité que doi-
« vent avoir en elles-mêmes les explications
« données par M. de Monseignat, orateur de la
« commission du Corps législatif, elles devien-
« nent ici *une preuve certaine par ce fait*, que
« les orateurs du Conseil d'état ne les ont pas
« *contredites;* ils n'auraient certainement pas
« manqué de le faire, si cet orateur n'eût pas
« exprimé leur pensée et leurs intentions. »

Mais en tirant cette conséquence si absolue, M. Dupin ignorait sans doute, ou il avait oublié *cet autre fait*, que les orateurs du Conseil d'état *ne répondaient* jamais au rapporteur de la commission, et qu'ainsi les paroles de ce dernier n'étaient jamais *contredites*. La loi organique de 1807 portait, il est vrai, qu'après le rapport terminé, on ouvrirait la discussion entre les orateurs du Conseil d'état et les membres de la commission; il est vrai aussi, qu'en vertu de cette loi, le président du Corps législatif déclarait la discussion ouverte ; mais à la suite de cette déclaration les procès-verbaux des séances ajoutaient invariablement la formule : « Aucun « orateur n'ayant demandé la parole, l'assemblée « a passé au scrutin sur la loi proposée. »

Ainsi, il n'y avait jamais de *contradiction*, l'empereur ne le voulait pas ; il ne voulait pas de discussions publiques ; c'était pour les faire cesser qu'il avait supprimé le Tribunat (1807), et les membres de la commission du Corps législatif qu'il lui avait substituée, aussi bien que les orateurs du Conseil d'état, connaissaient trop bien ses idées à cet égard pour soulever jamais l'ombre même d'une discussion.

Ainsi d'abord, on ne peut rien conclure du silence des orateurs du Conseil d'état après le discours de M. de Montseignat.

Maintenant si nous examinons ce discours en lui-même, que trouvons-nous ? Qu'il était simplement le rapport fait au nom d'une commission chargée d'examiner le projet de loi et d'en dire son avis. En vain on prétend que cette commission était un corps constitutionnel qui devait, comme le Tribunat, entrer en partage de la rédaction des lois ; l'empereur, il est vrai, l'avait d'abord laissé croire en 1807 afin de dissimuler l'étendue du changement qu'il se proposait ; mais en réalité il n'en était rien. Loin de réunir toutes les attributions du Tribunat, la commission du Corps législatif n'avait pas même le droit d'opposer son projet à celui du Conseil d'état; tout ce qu'elle pouvait faire était de présenter au Conseil d'état ses observations dans les conférences particulières qui étaient tenues à cet effet : « Il fallait, disait l'empereur, que l'on « se mît d'accord sans bruit et sans éclat. » Mais par suite de sa prédilection pour son Conseil d'état et de ses préventions contre tout corps nommé par la nation, cet accord prétendu n'était qu'apparent, et c'était toujours par le fait le Conseil d'état qui décidait; le rôle de la commission du Corps législatif se réduisait ainsi à une conférence officielle avec les conseillers d'état, puis à émettre devant l'assemblée un avis toujours approbatif; personne ne lui attribuait d'autre fonction; elle même n'y prétendait pas; et loin d'attacher au rapport fait en son nom l'importance qu'elle aurait dû y mettre, s'il eût pu servir à interpréter la loi, elle laissait toute latitude à l'orateur qui en était chargé : celui-ci en faisait même souvent un morceau d'apparat, et si le passage du discours de M. de Monseignat relatif au duel n'était pas trop long pour être cité en entier, on verrait par ses paroles mêmes qu'il s'occupait bien plus de briller par des développements philosophiques que d'éclairer les juges sur le sens de la loi.

Que si, au lieu de citer le discours du rapporteur de la commission, M. Dupin s'appuyait sur le rapport de l'orateur du Conseil d'état en présentant le projet, je le concevrais : ce rapport était en effet le résumé des intentions du Conseil d'état, la pensée des rédacteurs de la loi : aussi était-il appelé *exposé des motifs*, aussi était-il connu long-temps d'avance, imprimé, distribué; tandis que celui du rapporteur de la commission n'était communiqué d'avance à personne, pas même aux orateurs du Conseil d'état, et sitôt qu'il était prononcé, le vote de la loi suivait immédiatement.

Peut-être même est-on en droit de faire quelques reproches à M. de Montseignat d'avoir soulevé une question aussi importante que celle du duel au moment où l'on ne pouvait pas lui répondre, et surtout d'avoir laissé croire à l'adhésion du Conseil d'état, sans s'être assuré à l'avance de cette adhésion : il s'exposait par-là à jeter du doute sur le sens de la loi, non pas pour les contemporains, mais pour ceux que l'éloignement des temps rendrait incertains du rôle dont il était chargé.

Ce qu'il devait faire, si telle était en effet

l'opinion du Conseil d'état, et s'il voulait constater cette opinion, c'était de provoquer de sa part une explication dans la conférence qui fut tenue; mais les procès-verbaux font foi qu'il n'y fut pas dit un seul mot du duel, et, faute d'avoir suivi cette marche, la seule qui pût donner quelque poids à ses paroles, l'explication de M. de Monseignat reste une opinion isolée et tout-à-fait dénuée d'autorité.

Il reste donc maintenant à chercher, indépendamment de cette opinion, les conséquences que l'on doit tirer du silence absolu gardé sur le duel, soit dans les comités intérieurs du Conseil d'état, soit dans les conférences avec la commission du Corps législatif. Pour une question si importante, ce silence ne peut s'expliquer par un oubli : que faut-il donc en conclure?

Or ce serait, à mon sens, méconnaître étrangement la pensée du Conseil d'état, ou pour mieux dire celle de l'empereur, sous les inspirations duquel se rédigeaient toutes les lois, que de croire qu'il ait voulu établir des peines contre le duel. Ce génie prodigieux, qui connaissait assez l'esprit de la nation pour lui inspirer cet enthousiasme fanatique dont le récit nous étonne chaque jour, et qui devait son ascendant à l'art de ménager les idées et le caractère français, aurait craint de heurter ce caractère en abolissant le duel; lui dont tous les efforts tendaient à exalter les courages, à réveiller les idées d'honneur et de gloire, ne pouvait s'exposer à affaiblir ces mêmes idées; il ne pouvait songer à abolir le duel dans ses nombreuses armées, parmi cette foule de jeunes et brillants officiers dont le bouillant courage débordait de toute part[1]; il ne pouvait l'abolir au moment où il venait de rétablir la noblesse, lorsqu'il s'efforçait de reproduire dans sa cour plébéienne l'esprit, les manières et tout l'appareil de l'ancienne cour. Il ne pouvait surtout songer à instituer contre le duel des peines infamantes, telles que l'on veut aujourd'hui les faire ressortir de la législation.

Mais, dira-t-on, si l'empereur voulait conserver le duel, il devait alors déclarer sa volonté à cet égard. — Non pas, tout lui faisait au contraire un devoir d'éviter cette déclaration : les reproches d'injustice et d'immoralité que l'on avait faits au duel, ses inconvénients réels et ses dangers, les excès qui l'avaient signalé, concouraient à lui faire désirer de ne pas se prononcer; il devait s'estimer heureux que la législation exis-

[1] Aujourd'hui encore, dans les régiments, les colonels s'occupent des duels entre les officiers, et pour les soldats mêmes il y a un officier chargé d'examiner les causes de la querelle et de délivrer les épées.

tante et les mœurs lui permissent de s'abstenir. Le duel, il faut en convenir, est une anomalie dans l'ordre social; il ne peut se justifier que par des considérations étrangères aux maximes ordinaires de la justice civile; il semble même reconnaître la vengeance personnelle et le droit du plus fort; et le législateur, en proclamant cette anomalie, en adoptant hautement le duel, devait craindre d'affaiblir l'autorité des grands principes qu'il avait posés.

Mais si l'on se plaint que je ne donne ici que des conjectures, s'il reste encore quelque obscurité dans les esprits, voici l'application de la loi qui vient lever tous les doutes. Depuis le Code pénal, la tolérance a continué telle qu'elle existait avant lui; la loi a été constamment appliquée dans ce sens pendant trente ans; elle l'a été par les mêmes hommes qui, soit dans le Conseil d'état, soit dans le Corps législatif, avaient concouru à sa rédaction, en présence de ce même discours de M. de Montseignat, dont ils ne tenaient aucun compte, qu'ils écartaient sans se donner même la peine de le discuter [1]; elle l'a été sous les yeux du souverain qui l'avait inspirée et

[1] M. Mourre, avocat général, dans son réquisitoire sur l'arrêt de cassation du 8 avril 1818, déclare simplement que l'opinion d'un rapporteur de la commission du corps législatif ne peut avoir aucune autorité.

sanctionnée, lorsque ce souverain si vigilant, si attentif, avait en main tous les moyens de diriger l'exécution de ses lois; deux fois encore depuis, le législateur a reconnu solennellement ce sens du Code pénal en s'occupant de faire une loi contre le duel; et c'est après tous ces faits, après trente ans ainsi passés, que l'on vient tout à coup nous apprendre que magistrats, citoyens, législateurs, tous se sont trompés, tous se sont mépris sur le sens du Code pénal; et pour le prouver, on donne une autorité toute nouvelle à l'opinion isolée et sans force d'un rapporteur de la commission du Corps législatif, ou l'on cite avec emphase, j'ose à peine le redire, une boutade de M. Treilhard.

Non, un semblable système ne peut se soutenir, et il a suffi, pour le réfuter, du simple exposé des faits et de l'esprit de la législation.

Il me reste pourtant encore un argument à relever : M. le procureur général et la Cour de cassation ont rappelé les lois de l'Assemblée Constituante, et avec raison, car cette époque de l'Assemblée Constituante est le passage de l'ancienne législation à la nouvelle; de l'ancienne législation, toute d'exception et de priviléges, à une autre, qui a établi des règles égales pour tous les citoyens; mais ils ont conclu de cet examen que l'Assemblée Constituante avait voulu proscrire le duel, et c'est ce que je ne puis leur accorder : qu'ont-ils trouvé en effet dans le Code pénal et les autres lois de 1791 ? D'abord, l'abolition des anciennes ordonnances sur le duel : mais l'abolition de ces ordonnances ne prouve rien par elle-même ; il faut chercher ce qu'on a mis à leur place ; rien : le Code pénal de 1791 garde un silence complet ; mais comment était-il appliqué ? Il ne reste de trace d'aucune poursuite, d'aucune condamnation. « Et cela se con-« çoit, dit M. Dupin en rapportant ce fait, les « duels étaient rares alors, et les circonstances « offraient à chacun de meilleures occasions « d'employer son courage contre les enne-« mis de l'État ». Ils étaient rares, je le veux, mais il y en avait encore, et cependant ils n'étaient pas poursuivis ; et, sans compter les mauvais temps de la révolution, où toutes les lois étaient suspendues, plus de quinze années se sont écoulées jusqu'en 1810, sans qu'on puisse citer un seul exemple à cet égard.

Que conclure de là, sinon qu'on ne regardait pas alors le duel comme compris dans le Code pénal de 1791 ? Le seul acte législatif que nous ayons sur la matière montre que le législateur était pénétré de cet esprit : c'est un décret de la Convention, du 29 messidor an II. Après avoir statué dans ce décret sur une question particulière relative au duel, celle de l'application du Code pénal militaire à la provocation d'un officier envers son supérieur, la Convention « renvoie à son comité de la rédaction des lois pour examiner et proposer les moyens d'empêcher les duels, et la peine à infliger à ceux qui s'en rendraient coupables ou qui les provoqueraient ». Elle regardait donc une loi nouvelle comme nécessaire pour pouvoir poursuivre ou punir les duels.

Au reste, je puis m'appuyer ici d'une imposante autorité : M. Merlin, dans son *Répertoire de jurisprudence* (v° *Duel*), déclare expressément que le silence du Code pénal de 1791 doit s'entendre dans le sens de la tolérance, et il ajoute que tous les doutes qu'on pourrait concevoir à cet égard disparaîtraient à la vue du décret du 29 messidor ; et certes M. Merlin devait connaître le sens et l'esprit de ce décret, car il était le membre le plus actif et le plus influent du comité de législation qui l'avait rédigé.

M. Merlin, parlant ensuite du Code de 1810, à la rédaction duquel il avait assisté et concouru, dont il avait surveillé l'exécution pendant plusieurs années comme procureur général, dit encore que le silence de ce Code doit s'entendre de la même manière.

Et il y a plus, le silence des deux Codes

de 1791 et de 1810 s'explique l'un par l'autre. Si des doutes s'étaient élevés sur le sens du premier, si des condamnations avaient eu lieu, le législateur de 1810 se serait cru obligé de s'expliquer; s'il ne l'a pas fait, c'est qu'il n'en avait pas besoin, et qu'il n'avait qu'à garder le même silence pour que la tolérance qui existait auparavant continuât.

Ainsi, les lois de 1791, pas plus que celles de 1810, ne proscrivent le duel, et le système nouveau de la Cour de cassation ne peut s'appuyer ni sur l'une ni sur l'autre législation.

Venons maintenant aux conséquences de ce système, soit dans ses rapports avec les principes généraux de la justice pénale, soit dans son application aux cas particuliers.

Or, si nous examinons les principes, que penser d'une jurisprudence qui regarde comme coupable d'un crime l'homme qui, dans un duel loyal et généreux, a tué ou blessé son adversaire?

Eh! que pourra-t-on dire désormais d'un incendiaire et d'un lâche assassin? Si l'on punit l'homicide en duel par la mort et l'infamie, quelles peines pourra-t-on infliger au parricide?

Que devient d'ailleurs, dans le système adopté par la Cour de cassation, ce principe sacré, conservateur de la vie et de la liberté des citoyens, qui veut que, dans une loi pénale, tout soit clair et positif? Ici la loi n'a ordonné aucun châtiment, et cependant on prononce une peine capitale et infamante, on la fait ressortir d'une interprétation, d'une induction! et cette interprétation même, comment la Cour de cassation peut-elle la donner comme positive, en présence de ces changements d'opinion qu'on remarque jusque dans ses propres arrêts? Mais il y a donc au moins doute! et depuis quand le doute ne s'explique-t-il plus en faveur de l'accusé?

Puis, ce ne sont pas seulement les combattants qu'il faut poursuivre et punir, ce sont les témoins : s'il y a meurtre ou blessure, ils en sont complices : eux, qui, sans doute, ont fait tous leurs efforts pour prévenir le combat, qui n'y ont assisté que pour garantir à la société qu'il a été loyal et généreux, seront poursuivis et jugés comme complices d'un assassinat.

Encore s'il était permis d'admettre pour l'homicide en duel des motifs d'excuse; mais non, la loi a expressément restreint ces motifs d'excuse à certains cas qu'elle a prévus[1], et l'interprétation la plus favorable ne pourrait faire rentrer le duel dans un de ces cas. M. le pro-

[1] Article 329 et suivans du Code pénal.

cureur général le déclare avec raison, et si l'arrêt du 22 juin 1837 semble laisser croire le contraire, on ne peut rien en conclure, sinon que la Cour de cassation a reculé malgré elle devant la rigueur de son propre système.

Ainsi, comme on le voit, tous les principes de la législation pénale sont violés dans la nouvelle jurisprudence. Venons maintenant à l'application de cette jurisprudence.

Puisqu'il y a présomption de crime, les chambres de mise en accusation devront toujours, sous peine de cassation, ordonner les poursuites; l'affaire viendra toujours devant le jury. — C'est ce qu'il faut, nous dit-on: il y a une atteinte grave à la justice publique, et le jury seul, représentant de la justice du pays, peut en décider; seul il peut ou absoudre ou punir. — Je vois bien, en effet, comment le jury pourra punir : puisque l'homicide en duel est nécessairement un meurtre, comme le fait de duel sera toujours clair, patent, avoué, que peut-être les accusés s'en glorifieront, les jurés n'auront qu'à déclarer que ce fait est constant; mais je ne vois pas comment ils pourront absoudre et nier ce fait, si ce n'est au prix de leur conscience et de leur serment.

Et cependant ils ne pourront se résoudre à

punir le duel de mort et de peines infamantes; ils absoudront toujours. Ainsi cette impunité, si reprochée au système de la tolérance, sera la même et plus grande encore. Lorsque les Cours royales pouvaient renvoyer les accusés de la plainte, il n'arrivait devant le jury que les cas graves et exceptionnels; quand toutes les affaires lui seront amenées, l'acquittement deviendra en quelque sorte d'usage.

Et que d'inconvénients de tout genre dans ce résultat! D'abord celui de multiplier sans utilité les procédures, d'aggraver les fonctions déjà si pénibles de jurés, d'accroître, soit pour les combattants, soit pour les témoins, la longueur et les inconvénients des détentions préventives [1].

Puis, le danger auquel on s'expose, de détruire le prestige qui s'attache à la solennité des Cours d'assises par des débats dont le résultat serait prévu d'avance, et auxquels personne ne prendrait intérêt, pas même les accusés; on s'expose à donner à la société le plus dangereux de tous les spectacles, celui de lois qui ne sont pas exécutées; et les indiscrètes poursuites auxquelles on se sera livré, en constatant de plus en plus

[1] M. Pesson, au milieu des dissidences d'opinion entre les magistrats, a dû attendre son jugement pendant plus d'une année.

l'existence du préjugé, et lui donnant ainsi elles-même une nouvelle force, ne feront que révéler à son égard l'impuissance de la loi.

Et que sera-ce encore, si les Cours royales refusent de se soumettre aux injonctions de la Cour de cassation, et que, se réfugiant dans le vague de leurs jugements, elles décident (ainsi que vient de le faire la Cour de Rennes), non en droit, mais en fait, « que les charges ne « sont pas suffisantes pour motiver des pour-« suites contre l'accusé à raison du crime qui lui « est imputé. » Que sera-ce, dis-je, si les Cours royales éludent ainsi le contrôle de la Cour suprême, et si, aux inconvénients des dissidences entre les interprètes des lois, vient se joindre le scandale des luttes et des jalousies de pouvoir?

Tels sont, soit par rapport aux principes, soit dans l'application, les inconvénients de la nouvelle jurisprudence.

Et si maintenant, laissant de côté l'interprétation du Code pénal, nous nous élevons à ces considérations d'esprit national et de mœurs qui font l'objet de notre seconde partie, nous aurons à faire au système de la Cour de cassation un reproche bien plus grand encore, le plus grand peut-être que l'on puisse adresser à un législateur français, c'est l'oubli dans lequel il laisse l'instinct généreux de notre caractère, c'est l'indifférence avec laquelle il foule aux pieds ces sentiments d'honneur et de dignité personnelle qui avaient fait si long-temps la gloire de notre nation.

DEUXIÈME PARTIE.

DU DUEL.

DEUXIÈME PARTIE.

Ah! ce n'est pas ainsi qu'en agissaient nos anciens législateurs, cet Henri IV, ce prince si français, ce Louis XIV, qui a dû la grandeur de son règne à la grandeur de ses idées : eux aussi ont proscrit le duel ; eux aussi ont établi contre lui les peines les plus sévères. Mais qu'on voie en même temps dans leurs ordonnances [1] avec quel soin ils avaient cherché les moyens de garantir l'honneur de leur brave et généreuse noblesse, par quelles minutieuses précautions ils s'attachaient à ménager la dignité des combattants, à assurer la satisfaction de l'offensé.

D'après ces édits, toutes les querelles entre gentilshommes devaient être soumises à un tribunal composé de ce qu'il y avait de plus élevé dans l'ordre militaire, celui des maréchaux de France : les hommes les plus braves à la fois et les plus éclairés de la noblesse devaient décider s'il y avait offense, et, dans ce cas, quelle devait en être la réparation ; c'était une décision à la-

[1] Voulant donner au lecteur une de ces ordonnances, j'ai choisi celle de Louis XIV, qui résume toutes les autres et qui fut d'ailleurs la seule réellement appliquée. *Voyez* p. 45.

quelle personne ne devait hésiter à se soumettre, et si cependant des esprits égarés par la colère et l'obstination refusaient de leur obéir, ils pouvaient les y contraindre par les amendes et la prison.

Ce n'est pas tout : comme ce tribunal siégeait à Paris, les lieutenants généraux et les lieutenants du Roi dans les provinces étaient délégués pour arrêter et prévenir les duels ; jusque dans les provinces les plus écartées ; des gentilshommes, respectables par leur âge et par leurs lumières étaient chargés de semblables fonctions ; et même, pour donner à ces arbitres un caractère plus auguste, l'ordonnance les désignait, non comme des tribunaux d'un ordre inférieur, mais comme les représentants même du pouvoir royal et du tribunal suprême des maréchaux.

Enfin, comme on craignait encore que l'offensé n'allât pas s'adresser aux juges institués pour lui faire obtenir réparation, tous les gentilshommes qui avaient connaissance d'une querelle étaient tenus, par un devoir sacré d'humanité et d'obéissance envers le Roi, d'avertir ces juges, pour qu'ils pussent en arrêter les conséquences.

Telles étaient les précautions dont nos anciens monarques avaient entouré l'honneur de leur noblesse, et alors, après toutes ces garanties, ils pouvaient établir avec justice des peines rigoureuses contre les hommes qui exposaient encore leur vie et celle des autres dans des combats singuliers.

D'ailleurs, le mal était urgent : la fureur des duels était portée aux derniers excès; la noblesse était décimée et menaçait presque d'être anéantie; et cette noblesse, c'était l'ornement du royaume et la force des armées; les hommes qui la composaient étaient les chefs et les guides des soldats sur les champs de bataille; le souverain devait tout faire pour conserver un sang si précieux; et cependant, jamais il n'aurait pu se résoudre à interdire le duel, s'il n'eût donné en même temps à l'honneur de la noblesse des garanties capables de le remplacer.

C'est là ce qu'on aurait reconnu dans les anciennes ordonnances, si l'on avait voulu les examiner et les apprécier avec l'impartialité du magistrat, au lieu de se borner à voir et à citer avec amertume ces dispositions qui font du duel un privilége de la noblesse, et qui en excluent les ignobles et les vilains.

Qu'importent, en effet, ces priviléges? quel rapport ont-ils à la question du duel, telle qu'elle se présente aujourd'hui? Ces priviléges n'existent plus : l'Assemblée Constituante les a abolis, non pas, il est vrai, avec les petites passions que je regrette de voir dans les hommes de nos jours, et qu'ils voudraient lui prêter, mais avec des sentiments dignes de la grandeur de sa mission.

Jusqu'alors la noblesse s'était réservé le duel; elle regardait comme une de ses plus belles prérogatives le droit exclusif d'avoir un honneur en propre, et de le défendre; l'Assemblée Constituante a détruit ce privilége; elle a donné à tous les Français le droit de porter une épée et de s'en servir; elle a reconnu dans tous le droit sacré de garantir leur honneur; au lieu qu'aujourd'hui on veut tout égaliser en abaissant tout, elle voulait tout élever, elle voulait étendre à la nation tout entière cet instinct généreux qui avaient fait la gloire de nos ancêtres; elle sentait, en constituant le pays sur de nouvelles bases, combien le sentiment de dignité personnelle était nécessaire aux citoyens, pour bien comprendre la dignité nationale, dont elle est comme l'expression et le germe; elle voulait, en un mot, rendre la France plus grande, en pénétrant les Français de leur propre grandeur.

Aujourd'hui nos législateurs s'occupent peu de ces sentiments; ils s'inquiètent peu de nous fournir des ressources contre les affronts : je ne sais quel accès philanthropique à saisi quelques esprits, et voilà qu'ils nous jettent sans examen, et avec une sorte de brutalité, les châtiments et l'infamie.

Je me trompe, ils nous ont ménagé une ressource à laquelle je ne songeais pas d'abord, et qui témoigne de leur sollicitude, celle du tribunal de police correctionnelle.

Ainsi, cet honneur français, qu'on trouvait digne autrefois d'occuper le tribunal des maréchaux de France, va se trouver dévolu à un tribunal de police, au tribunal de police correctionnelle : c'est à lui que l'offensé devra s'adresser.

Le tribunal de police correctionnelle ! le tribunal des escrocs et des vagabonds ! quoi ! c'est sérieusement qu'on nous en offre le secours ! sérieusement, l'on voudrait qu'un jeune homme à qui le sang bouillonne dans les veines, qui est d'autant plus sensible aux affronts qu'il s'est fait de l'estime du monde une opinion plus flatteuse, traduisît en police correctionnelle celui qui l'aurait offensé ! Mais c'est le ridicule qu'on lui impose, et le ridicule tue en France plus peut-être que l'épée ou le pistolet.

L'offensé aura donc un tribunal ; mais ce n'est pas tout : devant ce tribunal, il lui faudra prouver l'insulte, et pour cela, avoir des témoins, plusieurs ; et si ce n'est pas une injure grossière, si, comme il arrive entre gens de bonne compagnie, il s'agit d'une simple allusion, d'une de ces atteintes d'autant plus terribles qu'elles se portent avec des armes cachées, d'autant plus dangereuses qu'elles plaisent à la malignité des esprits, il faudra donc qu'il vienne étaler sa vie, les circonstances qui ont pu donner lieu à ces allusions, découvrir peut-être de pénibles secrets, et l'offenseur sera admis à contester ces faits ou peut-être à les prouver!

Et comment d'ailleurs apprécier jusqu'à quel point l'allusion a été piquante, jusqu'à quel point on a aiguisé le poignard, si la blessure a été profonde, mortelle peut-être : le mot le plus simple en apparence est quelquefois un de ces coups qui tuent, qui détruisent une existence, qui mettent la discorde dans une famille, la haine et le trouble dans un ménage; et l'on veut apprécier tout cela! non, l'on ne le peut pas : ces coups, ces blessures, n'ont que deux juges, celui qui les fait et celui qui les reçoit; et les magistrats, en voulant s'en mêler, ne font qu'y ajouter le scandale de la publicité.

Mais j'admets même qu'ils le puissent, que les juges, instruits, comme ils le sont, par leurs lumières et leur usage du monde, puissent mesurer la portée de ces affronts : quels moyens ont-ils de les punir, quels châtiments ont-ils entre les mains? Veut-on que pour ces atteintes détournées, ces lâches et infâmes calomnies dont je viens de parler, ils infligent les peines de police prononcées par le Code pénal, et trouve-t-on bien utile et bien digne de réduire ainsi la vengeance de la loi à des châtiments frivoles et dérisoires?

Et ce qui est plus grave encore et plus important, c'est que si la loi est impuissante à punir les affronts, elle l'est par cela même à les prévenir : en présence du duel, les gens méchants et lâches, comme ils le sont presque tous, sont retenus par les dangers qu'ils auraient à courir; supprimer le duel, c'est leur laisser le champ libre, c'est nous livrer sans défense à leur insupportable tyrannie.

O vous qui, poussés par des sentiments d'humanité et de philosophie, demandez l'abolition du duel, qui croyez pouvoir vous en passer, savez-vous pourquoi il vous semble inutile? c'est que vous l'avez, c'est qu'il garantit votre dignité des insultes, qu'il vous sert d'égide et de rempart contre les affronts; quand il sera détruit, quand vous vous trouverez désarmés, c'est alors que vous sentirez combien il vous était nécessaire, et que vous maudirez votre imprudence.

Songez qu'il est parmi les ennemis du duel des hommes animés d'autres sentiments que les vôtres, qui n'ont en vue, en le faisant abolir, que de pouvoir se livrer à leur insolence, de pouvoir sacrifier à un bon mot la réputation et le repos de leurs concitoyens; ils ne peuvent lui pardonner les craintes qu'il leur inspire, ou les explications humiliantes auxquelles il les a réduits. Ah! méfiez-vous de ces hommes, car ils parlent comme vous, car ils font valoir peut-être plus haut que vous les droits de la morale et de la justice; méfiez-vous de ces hommes, car c'est contre eux-mêmes que vous avez besoin du duel.

Oui, je le répète, le duel sert plus qu'à venger les affronts, il sert à les prévenir; et c'est par-là qu'il contribue à maintenir dans la nation ce respect pour les autres et pour soi-même, cet esprit de politesse, cette aménité de mœurs, qui fait l'envie et l'admiration des étrangers, et qui nous assure parmi eux un ascendant d'autant plus précieux que c'est d'eux-mêmes qu'ils s'y soumettent.

Le duel sans doute a des dangers, il est sujet à des abus; mais de quoi donc les hommes n'abusent-ils pas? n'ont-il pas abusé de la liberté même.

Le duel a des dangers! eh! qu'on me cite donc une institution, si utile et si élevée qu'elle soit, qui n'ait pas les siens: n'est-ce pas à force de travaux et de périls que nous avons conquis ces droits qui nous sont si chers? les institutions dont nous jouissons ne sont-elles pas scellées du sang d'un million de Français.

Et la dignité, l'honneur de la France, que nous sommes tous sans doute jaloux de maintenir, ne nous coûte-t-il rien? ne lui sacrifions-nous pas sans cesse notre sang et notre vie? et si pour quelqu'offense souvent imaginaire on se jette dans ces guerres terribles qui dévorent à l'envi les hommes et l'argent, ne faut-il pas faire aussi quelques sacrifices pour l'honneur privé des citoyens.

D'ailleurs par combien d'avantages ces dangers ne sont-ils pas rachetés : ah! quoi qu'on en puisse dire, le duel a quelque chose en lui qui élève l'âme du citoyen. Cet homme qui se voit appuyé, pour prévenir ou repousser une insulte, de toute la puissance de l'opinion, qui peut signaler tour à tour son courage ou une noble modération, qui peut enfin, ce que les plus grands hommes de tous les temps ont ambitionné, qui peut pardonner, cet homme doit grandir à ses propres yeux, et se sentir plus disposé à aimer un pays qui lui enseigne ainsi à se respecter.

Et puis, ces dangers du duel ne sont pas si grands en réalité : tout le monde en convient, le duel parmi nous n'est plus qu'une exception; les excès qui jadis avaient appelé toute la sévérité du législateur n'existent plus aujourd'hui, et, je dis plus, il n'est pas à craindre qu'ils se reproduisent.

Qu'après la Ligue sous Henri IV, après la Fronde

sous Louis XIV, une noblesse oisive et habituée aux armes, portant partout au côté l'épée ou la dague, se soit livrée à la fureur des duels, on le conçoit ; mais à présent il n'en est plus ainsi : la révolution, en ouvrant à tous les Français la carrière des emplois, a fourni à leur ardeur un plus digne aliment : tout homme devenu immédiatement utile à la patrie comprend aujourd'hui ce que vaut la vie d'un citoyen, et nul ne songe plus à la jouer et à la perdre pour quelques frivoles motifs.

Mais en même temps, les Français d'aujourd'hui ne sont pas plus disposés que leurs ancêtres à rester sous le poids d'un affront : et quand on voit les hommes les plus nobles et les plus éclairés recourir au duel ; que l'on voit les ennemis mêmes du duel (j'entends ceux qui ne le sont pas par lâcheté) oublier, quand ils ont reçu un affront, tous leurs principes de morale et de justice pour aller le venger, il faut bien reconnaître l'existence et la nécessité de cette opinion qui nous régit, et qui, pour être modérée, n'en est peut-être que plus puissante.

Non, cette opinion n'est point une fantaisie, un caprice de la mode, c'est au contraire une opinion juste et raisonnée : c'est elle qui a conservé le duel dans nos sociétés modernes, qui a fait qu'aujourd'hui comme autrefois il suffit de le nommer pour que chacun en connaisse à l'instant les obligations et les règles ; c'est elle qui l'a fait triompher jadis des lois qu'on avait faites pour l'interdire, et qui le ferait triompher encore de celles que l'on tenterait d'établir.

Car aujourd'hui comme alors, il est un besoin de la société : s'il n'y a plus à présent de noblesse et de distinction de classe, il y a cependant ces différences nécessaires que mettent entre les individus la naissance, la fortune, l'éducation, et c'est se montrer indigne de comprendre cette sensibilité plus délicate que donne une éducation relevée, c'est se montrer atteint d'un préjugé d'un autre genre, et bien petit, contre tout ce qui sent l'aristocratie, que de vouloir nous donner à tous pour droit commun, suivant l'énergique expression de M. le procureur général, celui des coups de poings et des coups de bâton [1].

Non, telle n'a pas été, telle n'a pu être la pensée de l'empereur, et jamais je ne cesserai de protester contre les efforts qu'on fait pour la faire ressortir de sa législation : que nos magistrats appellent, s'ils le veulent, sur ce point, l'attention du législateur, qu'ils provoquent des peines contre le duel, mais qu'ils ne viennent

[1] Réquisitoire, p. 69.

pas introduire arbitrairement ces peines dans une législation qui ne peut s'y prêter, et qui a été conçue dans un autre esprit.

Si l'on veut changer cette législation, que ce soit par une loi nouvelle, et alors, dans la discussion solennelle établie à la face de la France, l'opinion pourra faire connaître ses vœux et ses besoins ; et le législateur, libre du cercle étroit où la Cour de cassation se trouve renfermée, pourra, comme l'avaient fait les anciennes ordonnances, joindre aux peines qu'il jugerait à propos d'instituer les garanties nécessaires aux citoyens.

Il est en effet des lois que l'on peut établir avec justice contre le duel : que par exemple on érige en arbitres les témoins, ces conciliateurs naturels du duel, dont la loi déterminerait le nombre et le choix ; qu'on les investisse du droit de décider la réparation qui sera due à l'offensé, et des moyens de la faire exécuter : on aura ainsi un tribunal approprié à nos mœurs, et dont les combattants ne pourraient récuser l'autorité; et alors le législateur, après avoir ainsi assuré l'honneur de l'offensé, pourrait établir, soit contre le duel même, soit contre ses conséquences, des peines plus ou moins rigoureuses.

Deux fois, comme je l'ai dit, depuis le Code pénal, en 1819 et en 1829, le législateur s'est occupé de la question du duel, et sans parler de la tentative faite à la Chambre des Députés en 1819, et qui se réduisit à une simple proposition non formulée, un projet de loi fut soumis en 1829 à la discussion de la Chambre des Pairs; mais que trouve-t-on dans ce projet? rien, que le soin de combiner les châtiments plus ou moins rigoureux avec la dégradation civile, et, le dirai-je! avec la mise en surveillance sous la haute police; quant à des garanties, pas un mot: aussi le projet ne trouva-t-il dans l'opinion aucune sympathie, et, après une froide discussion, adopté par une faible majorité (96 sur 170), il fut abandonné, et tomba dans l'oubli.

Si le législateur veut intervenir encore, qu'il mette en première ligne ces garanties; qu'il se garde surtout de ces peines sanguinaires ou dégradantes qui ne seraient point appliquées.

Mais avant d'intervenir, avant de faire une loi, que l'on se rende bien compte de celle qui nous régit; que l'on pèse bien toutes les ressources qu'elle peut offrir: d'après cette loi, en effet, et par suite de son silence même, les Cours royales peuvent, considérant le duel non comme un acte légal, mais comme un fait admis par le consentement général, examiner les circonstances; sans autre limite que celle de l'opinion, elles peuvent apprécier non seulement les faits du duel lui-même, mais ceux qui ont précédé ou suivi : si ces faits sont graves, s'ils renferment une provocation odieuse, s'ils sont tels, en un mot, que l'opinion les réprouve, elles déclareront l'accusé prévenu de meurtre ou de blessures; si, au contraire, les faits sont de nature à rendre excusables les résultats funestes du duel, usant du pouvoir qu'elles ont d'apprécier la nature des faits qui leur sont déférés, elles pourront déclarer que l'homicide ou les blessures n'ont pas le caractère de ceux qui ont été prévus et punis par le Code pénal.

Les jurés, de leur côté, s'appuyant sur les mêmes bases, et dégagés de l'obligation qu'on veut leur imposer de voir seulement le résultat du duel, pourront ou absoudre ou punir.

De cette manière, sans parler du duel plus que la loi elle-même, sans le consacrer plus qu'elle ne l'a fait, on poursuivra tout ce que l'opinion doit désirer de voir réprimer; et même, pour être ainsi restreinte, la répression n'en sera que plus assurée.

Tout dépendra et doit dépendre en effet de l'opinion, souveraine en cette matière : si, comme on l'a dit, et comme je le crois, l'opinion devient de plus en plus sévère à l'égard du duel, elle se manifestera par des poursuites plus fréquentes et plus rigoureuses; mais si, comme je le crois aussi, l'opinion veut conserver le duel, si elle le regarde comme nécessaire dans certains cas, les juges et les jurés qui la représentent pourront encore fermer les yeux.

Voilà, je l'avoue, le système que je crois non seulement fondé sur le Code pénal, mais conforme à l'opinion et aux mœurs; voilà celui que je désirerais, s'il s'agissait de l'établir; mais combien ne dois-je pas y tenir davantage quand je le trouve établi dans l'un de ces Codes immortels que je respecte; lorsque j'y vois la pensée de l'empereur! Ah! je crois que nous ne pouvons rien faire de mieux, et que pour le soin de concilier à la fois l'honneur et la sûreté des citoyens, nous pouvons nous en rapporter sans crainte à celui qui fut à la fois le plus grand guerrier et le plus sage législateur des temps modernes.

Pendant l'impression de cet écrit, un arrêt a été rendu par la Cour de Rouen sur ce sujet (dans l'affaire de MM. Loroy et de Sivry), et je m'empresse de profiter de cette occasion pour préciser mes idées sur un exemple.

La Cour de Rouen, reconnaissant en fait qu'il y a eu rendez-vous donné et combat à coups d'épée, déclare d'abord que comme les combattants se sont arrêtés d'eux-mêmes il n'y a lieu à poursuivre pour tentative de meurtre (art. 2 du Code pénal); mais, attendu en même temps qu'il y a eu des blessures faites, lesquelles constituent un délit prévu par le Code pénal, renvoie devant le juge compétent.

Or, si nous examinons d'abord la première partie de cet arrêt, pourquoi avoir déclaré l'accusé non coupable de meurtre? est-ce donc que les Cours royales aient à dire de quel crime l'accusé n'est pas coupable? est-ce donc qu'elles en agissent ainsi d'ordinaire? La Cour de Rouen a voulu, je le sais, par cette déclaration, rendre hommage à l'opinion de la Cour suprême; elle a voulu prendre parti dans le débat qui s'agite aujourd'hui, en proclamant comme principe qu'il y aurait eu tentative de meurtre si les combattants ne s'étaient arrêtés d'eux-mêmes: mais à quoi servent ces déclarations de principes? Toujours dangereuses, elles deviennent funestes quand elles sont, comme ici, contraires à l'esprit de la législation.

Quant à la seconde partie de l'arrêt, je n'en parlerai pas; car elle n'a été rendue que comme une conséquence nécessaire du principe que je combats.

Voici comment j'aurais entendu que devait

juger la Cour royale : si elle avait trouvé dans la cause des faits punissables à ses yeux [1], de provocation ou autre, elle aurait poursuivi sur ce motif, que, d'après les circonstances de la cause, les blessures faites avaient un caractère répréhensible qui les faisaient rentrer dans la classe des délits prévus par le Code pénal ; si, au contraire, elle avait trouvé les faits excusables, elle aurait, par un motif opposé, et toujours sans parler du duel, renvoyé l'accusé de la plainte.

[1] On sent assez que je ne fais ici qu'une supposition.

EDIT DU ROY

CONTRE LES DUELS ET RENCONTRES.

ÉDIT DU ROY

CONTRE LES DUELS ET RENCONTRES,

DONNÉ A PARIS AU MOIS DE SEPTEMBRE 1651, VÉRIFIÉ AU PARLEMENT, LE ROY Y SÉANT AUDIT MOIS ET AN.

Louis, par la grâce de Dieu, Roy de France et de Navarre : à tous présens et à venir, salut. Nous estimons ne pouvoir plus efficacement attirer les grâces et bénédictions du ciel sur nous et sur nos États qu'en commençant nos actions, à l'entrée de nostre majorité, par une forte et sévère opposition aux pernicieux désordres des duels et combats par rencontres, dont l'usage est non seulement contraire aux lois de la religion chrétienne et aux nostres, mais très préjudiciable à nos sujets, et spécialement à nostre noblesse, dont la conservation nous est aussi chère qu'elle est importante à l'État. Et, bien que nous ayons, à l'exemple des Rois nos prédécesseurs, fait notre possible depuis notre avenement à cette couronne, pour réprimer un mal dont les effets sont si funestes au général et aux principales familles de nostre royaume, ayant par divers édits, déclarations et réglemens, et sous de notables peines, prohibé tous les combats singuliers et autres entre nos sujets pour quelque cause, et sous quelque pretexte qu'ils puissent être entrepris; néanmoins, nos soins n'ont pas eu le succès que nous en espérions, voyant avec un extrême déplaisir que, par la longueur de la guerre que nous avons esté obligez de soûtenir contre la couronne d'Espagne, après avoir esté justement entreprise par le feu Roy nôtre très-honoré Seigneur et Pere de glorieuse mémoire, que Dieu absolve; ou par les mouvemens intestins arrivez depuis quelques années, que nous avons heureusement appaisez; et encore par la douceur qu'il a convenu pendant notre minorité, cette licence s'est accreuë à tel point qu'elle se rendroit irremediable, si nous ne prenions une ferme resolution, comme nous faisons presentement, d'empêcher avec une justice très sévère, et par toutes les voyes raisonnables, les contraventions faites à nos Édits et Ordonnances, en une matière de si grande consequence; A ces causes, et autres bonnes et grandes considérations à ce nous mouvans, de l'avis de nôtre Conseil, où estoient la Reine nôtre tres-honorée Dame et Mère, notre tres-cher et tres-amé Oncle le Duc d'Orléans, nos tres-chers et tres-amez Cousins les Princes de Condé et de Conty, et autres Princes, Ducs, Pairs et Officiers de nôtre Couronne et principaux de nostre dit Conseil; et après avoir examiné en iceluy ce que nos tres-chers et bien amez Cousins les Maréchaux de France, qui se sont assemblez plusieurs fois sur ce sujet par nostre exprés commandement, nous ont representé des causes de cette licence, et des moyens de la reprimer et faire cesser à l'avenir : Nous avons, en renouvelant les défenses portées par les Édits et Ordonnances des Rois nos prédecesseurs; et en y ayoûtant ce que nous avons jugé nécessaire, sans neanmoins les revoquer ni annuler : Dit, déclaré, statué, et ordonné : disons, déclarons, statuons, et ordonnons par notre présent Edit perpetuel et irrévocable, voulons et nous plaist, ce qui ensuit.

I.

Premierement, nous exhortons tous nos sujets, et leur enjoignons de vivre à l'avenir les uns avec les autres dans la paix, l'union et la concorde necessaire pour leur conservation, celle de leur famille et celle de l'Etat, à peine d'encourir nôtre indignation, et de châtiment exemplaire : nous leur ordonnons aussi de garder le respect convenable à chacun selon sa qualité, sa dignité et son rang, et d'apporter mutuellement les uns avec les autres tout ce qui dépendra d'eux pour prévenir tous différends, débat et querelles, notament celles qui peuvent estre suivies de voyes de fait; de se donner les uns aux autres sincerement de bonne foy tous les éclaircissemens nécessaires sur les plaintes et mauvaises satisfactions qui pourront survenir entr'eux, et d'empêcher que l'on ne vienne aux mains en quelque manière que ce soit : Déclarons que nous reputerons ce procedé pour un effet de l'obeissance qui nous est duë, et que nous tenons plus conforme aux maximes du véritable honneur, aussi bien qu'à celles du christianisme ; aucuns ne pouvans se dispenser de cette naturelle charité, sans contrevenir aux commandemens de Dieu aussi bien qu'aux nôtres.

II.

Et d'autant plus qu'il n'y a rien si honneste, ny qui gagne d'avantage les affections du public et des particuliers que d'arrêter le cours des querelles en leur source : Nous ordonnons à nos trez-chers et bien amez cousins les Maréchaux de France, et aux Gouverneurs et nos Lieutenans généraux en nos provinces, de s'employer eux-mêmes très-soigneusement et incessamment à terminer tous les différends qui naîtront entre nos sujets, par les voyes, et ainsi qu'il leur en est donné pouvoir par les Edits et Ordonnances des Rois nos prédécesseurs. Et en outre nous donnons pouvoir à nosdits Cousins de commettre en chacun des bailliages ou sénéchaussées de notre royaume un ou plusieurs gentils-hommes selon l'étendue d'icelles, qui soient de qualité, d'age et capacité requises pour recevoir les avis des différends qui surviendront entre les gentils-hommes, gens de guerre, et autres nos sujets, les envoyer à nosdits Cousins les Maréchaux de France, ou au plus ancien d'eux; ou aux Gouverneurs, ou à nos Lieutenans généraux aux Gouvernements de nos provinces, lors qu'ils y seront présens: Et donnons pouvoir auxdits gentils-hommes qui seront ainsi commis, de faire venir par devant eux, en l'absence desdits Gouverneurs, et nosdits Lieutenans generaux, tous ceux qui auront quelque différend, pour les accorder, ou les renvoyer par devant nosdits Cousins les Maréchaux de France en cas que quelqu'une des parties se trouve lezée par l'accord desdits gentils-hommes. Et pour cette fin nous enjoignons tres-expressement à tous Prévots des Maréchaux, Vice-Baillifs, Vice-Sénéchaux, leurs Lieutenans, Exemts, Greffiers et Archers d'obéir promptement et fidellement, sur peine de suspension de leurs charges, et de privation de leurs gages, auxdits gentils-hommes commis sur le fait desdits différends, soit qu'il faille assigner ceux qui ont querellé, les constituer prisonniers, saisir et annotter leurs biens, ou faire tous autres actes nécessaires pour empêcher les voyes de fait, et pour l'execution des ordres desdits gentils-hommes ainsi commis; le tout aux frais et dépens des parties.

III.

Nous déclarons en outre que tous ceux qui assisteront ou se rencontreront quoyqu'inopinément, aux lieux où se commettront des offenses à l'honneur, soit par des rapports ou discours injurieux, soit par manquement de promesse ou parolles données, soit par démentis, coups de main, ou autres outrages, de quelque nature qu'ils soient, seront à l'avenir obbligez d'en avertir nos Cousins les Maréchaux de France, ou les Gouverneurs et Lieutenans généraux des provinces, ou les gentils-hommes commis par lesdits Maréchaux, sur peine d'estre reputez complices desdites offenses, et d'estre poursuivis comme y ayant tacitement contribué, pour ne s'estre pas mis en devoir d'en empêcher les mauvaises suites. Voulons pareillement et nous plaist que ceux qui auront connoissance de quelques commencemens de querelles et animositez, causées par des procés qui seraient sur le point d'estre intentez entre gentils-hommes, pour quelques intérests d'importance, soient obligez à l'avenir d'en avertir nosdits Cousins les Maréchaux de France, ou les Gouverneurs, ou nos Lieutenans généraux en nos provinces, ou en leur absence les gentils-hommes commis dans les Bailliages, afin qu'ils empêchent de tout leur pouvoir, que les parties ne sortent des voyes civiles et ordinaires, pour venir à celles de fait.

IV.

Lorsque nosdits Cousins les Maréchaux de France, les Gouverneurs, ou nos Lieutenans généraux en nos provinces, ou les gentils-hommes commis, auront eu avis de quelque différend entre les gentils-hommes, et entre tous ceux qui font profession des armes dans nôtre Royaume, et païs de nôtre obeïssance, lequel procédant de parole outrageuse, ou autre cause touchant l'honneur, semblera devoir les porter à quelque ressentiment extraordinaire, nosdits Cousins les Maréchaux de France envoyeront aussitost des défenses tres-expresses aux parties de se rien demander par les voyes de fait directement ou indirectement, et les feront assigner à comparoir incessamment pardevant eux, pour y être réglées. Que s'ils appréhendent que lesdites parties soient tellement animées, qu'elles n'apportent pas tout le respect et la déférence qu'elles doivent à leurs ordres, ils leur envoyeront incontinent des Archers des Gardes de la Connétablie et Maréchaussée de France, pour se tenir près de leur personne, aux frais et dépens desdites parties, jusques à ce qu'elles se soient renduës pardevant eux. Ce qui sera aussi pratiqué par les Gouverneurs, ou Lieutenans généraux en nos provinces dans l'étendue de leurs Gouvernemens et charges, en faisant assigner pardevant eux, ceux qui auront querelle, en leur envoyant de leurs gardes, ou quelques autres personnes, qui se tiendront près d'eux, pour les empêcher d'en venir aux voyes de fait : et nous donnons pouvoir aux Gentils-hommes commis dans chaque Bailliage, de tenir en l'absence des Maréchaux de France, Gouverneurs et Lieutenans généraux aux provinces, la même procédure envers ceux qui auront querelle, et se servir des Prevosts des Maréchaux, leurs Lieutenans, Exemts et Archers, pour l'exécution de leurs ordres.

V.

Ceux qui auront querelle, estant comparus pardevant nos Cousins les Maréchaux de France, ou Gouverneurs, ou nos

Lieutenans généraux en nos provinces, ou en leur absence devant lesdits Gentils-hommes, s'il apparoist de quelque injure atroce, qui ait esté faite avec avantage, soit de dessein prémédité, ou de gaieté de cœur: Nous voulons et entendons que la partie offensée en reçoive une réparation et satisfaction si avantageuse, qu'elle ait tout sujet d'en demeurer contente; confirmant en tant que besoin est, par nôtre présent Edit, l'autorité attribuée par les feus Rois nos tres-honorez ayeul et Père à nosdits Cousins les Maréchaux de France, de juger et décider par jugements souverains, tous différends concernant le Point d'honneur et réparation d'offense; soit qu'ils arrivent dans nôtre Cour, ou en quelque autre lieu de nos provinces, où ils se trouveront; et auxdits Gouverneurs ou Lieutenans généraux, le pouvoir qu'ils leur ont donné pour même fin, chacun en l'étendue de sa charge.

VI,

Et parce qu'il se commet quelquefois des offenses si importantes à l'honneur, que non seulement les personnes qui les reçoivent en sont touchées, mais aussi le respect qui est deü à nos Lois et Ordonnances y est manifestement violé: Nous voulons que ceux qui auront fait de semblables offenses, outre les satisfactions ordonnées à l'égard des personnes offensées, soyent encore condamnez par lesdits Juges du Point d'honneur, à souffrir prisons, bannissemens et amendes: Considérant aussi qu'il n'y a rien de si déraisonnable, ny de si contraire à la profession d'honneur, que l'outrage qui se feroit, par le sujet de quelque interest civil, ou de quelque procés qui seroit intenté par devant les Juges ordinaires: Nous voulons que dans les accommodemens des offenses provenuës de semblables causes, lesdits Juges du Point d'honneur tiennent toute la rigueur qu'ils verront raisonnable pour la satisfaction de la partie offensée, et pour la réparation de nostre autorité blessée; qu'ils ordonnent, ou la prison durant l'espace de trois mois au moins, ou le bannisse-

autant de temps des lieux où l'offensant fera sa résidence, ou la privation du revenu d'une année, ou deux, de la chose contestée; icelui applicable à l'hôpital de la ville où le procez sera intenté.

VII.

Comme il arrive beaucoup de différends entre les Gentils-hommes, à cause des chasses, des droits honorifiques des Eglises, et autres prééminences des fiefs et seigneuries, pour estre fort mêlées avec le Point d'honneur : Nous voulons et entendons que nosdits Cousins les Maréchaux de France, les Gouverneurs, ou nos Lieutenans généraux en nos provinces, et les Gentils-hommes commis dans les Bailliages ou Sénéchaussées, apportent tout ce qui dépendra d'eux, pour faire que les parties conviennent d'arbitres, qui jugent souverainement avec eux sans aucunes assignations ni épices, le fond de semblables différends, à la charge de l'appel en nos Cours de Parlement, lors que l'une des parties se croira lézée par la Sentence arbitrale.

VIII.

Au cas qu'un Gentil-homme refuse ou diffère, sans aucune cause légitime, d'obéir à nosdits Cousins les Maréchaux de France, ou à ceux des autres Juges du Point d'honneur, comme de comparoistre pardevant eux, lorsqu'il aura esté assigné, par acte signifié à luy ou à son domicile, et aussi lors qu'il n'aura pas subi le bannissement ordonné contre luy, il y sera incessamment contraint, après un certain temps que lesdits Juges luy prescriront, soit par garnison qui sera posée dans sa maison, ou par emprisonnement de sa personne : ce qui sera soigneusement exécuté par les Prévosts de nosdits Cousins les Maréchaux, Vice-Baillifs, Vice-Sénéchaux, leurs Lieutenans, Exemts et Archers; sur peine de suspension de leurs gages, suivant les Ordonnances desdits Juges; et la dite exécution sera faite aux frais et dépens de la partie désobéissante ou refractaire. Que si lesdits Prévosts, Vice-Baillifs,

Vice-Sénéchaux, leurs Lieutenans, Exemts et Archers ne peuvent exécuter ledit emprisonnement, ils saisiront et annoteront tous les revenus dudit banny, ou désobeïssant, pour estre appliquez et demeurez acquis durant tout le temps de sa désobéissance; sçavoir, la moitié à l'Hopital de la ville où il y a Parlement étably, et l'autre moitié a l'Hopital du lieu où il y a Siège Royal; dans le ressort duquel Parlement et Siège royal, les biens dudit bany ou désobeissant se trouveront; afin que s'entr'aidant de la poursuite, l'un puisse fournir l'avis et la preuve, et l'autre interposer nôtre autorité par celle de la Justice pour l'effet de notre intention : et au cas qu'il y ait des dettes précédentes, qui empêchent la perception de ce revenu appliquable au profit desdits hôpitaux, la somme à quoy il pourra monter, vaudra une dette hypothéquée sur tous les biens, meubles et immeubles du banny, pour estre payée et acquittée dans son ordre, du jour de la condamnation qui interviendra contre luy.

IX.

Nous ordonnons en outre, en conséquence de nostre Déclaration de l'an 1646, publiée et enregistrée en notre Cour de Parlement, que ceux qui auront eu des Gardes de nos Cousins les Maréchaux de France, des Gouverneurs, ou nos Lieutenans généraux dans nos provinces, ou desdits Gentils-hommes commis et qui s'en seront dégagez en quelque manière que ce puisse estre, soient punis avec rigueur, et ne puissent estre reçus à l'accommodement sur le Point d'honneur, que les coupables de ladite garde enfreinte n'ayant tenu prison et qu'a la requestre de nostre Procureur à la Connétablie et des Substituts aux autres Maréchaussées de France, le procès ne leur ait esté fait selon les formes requises par nos Ordonnances : Voulons et nous plaist, que sur le procés verbal, ou rapport des gardes qui seront ordonnez prés d'eux, il soit sans autre information, décrété contr'eux à la requestre desdits substituts, et leur procés sommairement fait.

X.

Bien que le soin que nous prenons de l'honneur et de la réputation de nostre noblesse, paroisse assez par le contenu aux articles précédents, et par la soigneuse recherche que nous faisons des moyens estimez les plus propres pour éteindre les querelles dans leur naissance, et rejetter sur ceux qui offensent, le blâme et la honte qu'ils méritent; néanmoins appréhendans qu'il ne se trouve encore des gens assez osez pour contrevenir à nos volontez si expressement expliquées, et qui présument d'avoir raison, en cherchant à se venger : Nous voulons et ordonnons que celuy qui s'estimant offensé, fera un appel à qui que ce soit pour soi même, demeure déchu de pouvoir jamais avoir satisfaction de l'offense, qu'il prétendra avoir recëu; qu'il soit banny de nostre Cour, ou de son païs durant l'espace de deux ans pour le moins; qu'il soit suspendu de toutes ses charges, et privé du revenu d'icelles durant trois ans; ou bien qu'il soit retenu prisonnier six mois entiers, et condamné de payer une Amende à l'Hopital du lieu de sa demeure, ou de la ville la plus prochaine, qui ne pourra estre de moindre valeur que le quart de tout son revenu d'une année. Permettons à tous Juges d'augmenter lesdites peines, selon que les conditions des personnes, les sujets de querelles, comme procés intentez, ou autres interests civils, les défenses ou gardes enfreintes ou violées, les circonstances des lieux et des temps rendront l'aspect plus punissable. Que si celuy qui est appellé, au lieu de refuser l'appel et d'en donner avis à nos Cousins les Maréchaux de France, ou aux Gouverneurs, ou nos Lieutenans généraux en nos provinces, ou aux Gentils-hommes commis ainsi que nous luy enjoignons de faire, va sur le lieu de l'assignation, ou fait effort pour cet effet, il soit puni des mêmes peines que l'appellant.

XI.

Et d'autant qu'outre le blame et le crime que doivent encourir ceux qui appelleront, il y a de certaines personnes qui méritent doublement d'en estre chatiées et reprimées, comme lorsqu'ils s'attaquent à ceux qui sont leurs bienfaiteurs, supérieures, ou seigneurs, et personnes de commandement, et relevées par leur qualité et charge; et spécialement quand les querelles naissent par des actions d'obéissances, ausquelles une condition, charge ou employ subalterne les ont soumises, ou pour des châtimens qu'ils ont subi par l'autorité de ceux qui ont le pouvoir de les y assujettir; considérant qu'il n'y a rien de plus nécessaire pour le maintien de la discipline, même entre ceux qui font profession des armes, que le respect envers ceux qui les commandent: Nous voulons et ordonnons que ceux qui s'emporteront à cet excés, et notamment qui appelleront leurs chefs, ou autres qui ont droit de les commander, soient suspendus ou privez de toutes leurs charges; et de tout le revenu d'icelles, durant six ans; qu'ils soient bannis de nostre Cour, ou de leur païs pour quatre ans, ou retenus prisonniers un an entier, et condamnez de payer une amende aux Hopitaux des lieux, ou des plus voisins, laquelle ne pourra estre de moindre valeur que la moitié de tous leurs revenus. Enjoignons tres-expressément à nosdits Cousins les Maréchaux de France; et singulièrement aux Généraux de nos armées, dans lesquelles ce désordre est plus fréquent qu'en nul autre lieu, de tenir la main à l'exacte et sévère exécution du present article. Que si les Chefs ou Officiers supérieurs, et les Seigneurs qui auront esté appellez reçoivent l'appel, et se mettent en état de satisfaire les appellans, ils seront punis des mêmes peines de bannissement, suspension de leurs charges et revenus d'icelles; prisons et amendes cy-dessus specifiées, sans qu'ils puissent en estre dispensez, quelques instances et supplications qu'ils nous en fassent.

XII.

Si ceux que nous aurons esté contraints de priver de leurs charges, pour les cas cy-dessus mentionnez, s'en ressentent contre ceux que nous en aurons pourvûs, en les appellant, ou excitant au combat par eux-mêmes, ou par autruy, par rencontre ou autrement : Nous voulons qu'eux, et ceux dont ils se seront servis, soient dégradez de noblesse, destituez pour jamais de toutes leurs charges, bannis de notre Cour, et de leur païs pour six ans, ou retenus prisonniers deux ans entiers ; et condamnez de payer aux hopitaux, comme dit est, trois années de leur revenu, sans pouvoir jamais estre relevez desdites peines : et généralement que ceux qui viendront pour la seconde fois à violer nostre présent Edit, comme appellans, et notamment ceux qui se seront servis de seconds, pour porter leurs appels, soient punis des mêmes peines d'infamie, destitutions de charges, bannissemens, prisons et amendes, encore qu'il ne se soit ensuivy aucun combat.

XIII.

Si contre les défenses portées par nostre présent Edit, l'appellant et l'appellé venaient au combat actuel : Nous voulons et ordonnons, qu'encore qu'il n'y ait aucun de blessé ou tué, le procés criminel et extraordinaire soit fait contr'eux ; qu'ils soient sans rémission punis de mort ; que tous leurs biens meubles et immeubles nous soient confisquez, le tiers d'iceux applicable à l'Hopital de la ville où est le Parlement, dans le ressort duquel le crime aura esté commis ; et conjointement à l'Hopital du siège Royal le plus proche du lieu du délit, et les deux autres tiers, tant aux frais de captures de la Justice, qu'en ce que les Juges trouveront équitable d'adjuger aux femmes et enfans, si aucun y a, pour leur nourriture et entretènement, seulement leur vie durant ; que si le crime se trouve commis dans les provinces où la confiscation n'a point de lieu :

Nous voulons et entendons, qu'au lieu de ladite confiscation, il soit pris sur les biens des criminels, au profit desdits Hopitaux, une amende dont la valeur ne pourra estre moindre que le tiers des biens des criminels. Ordonnons et enjoignons à nos Procureurs généraux, leurs substituts, et ceux qui auront l'administration desdits Hopitaux, de faire de soigneuses recherches et poursuites desdites sommes et confiscations, pour lesquelles leur action pourra durer pendant le temps et l'espace de vingt ans, quand mesme ils ne feroient aucunes poursuites qui la pussent proroger; lesquelles sommes et confiscations ne pourront estre remises ny diverties pour quelques causes et prétextes que ce soit. Dérogeons par le present Edit à toutes les lettres que nous pourrions accorder pour cet effet, auxquelles nous défendons très-expressément d'avoir aucun égard, comme ayant esté obtenuës par surprise, et contre nostre intention. Que si l'un des combattans, ou tous les deux sont tuez : Nous voulons et ordonnons, que le procés criminel soit fait contre la mémoire des morts, comme contre criminel de Leze-Majesté divine et humaine, que leurs corps soient privez de la sépulture; défendons à tous Curez, leurs Vicaires et autres ecclésiastiques de les enterrer, ny souffrir estre enterrez en terre sainte; confisquons en outre, comme dessus, tous biens, meubles et immeubles : et quant au survivant qui aura tué, outre la susdite confiscation de tous ses biens, il sera irrémissiblement puni de mort, suivant la disposition des Ordonnances.

XIV.

Encore que nous espérions que nos défenses, et des peines si justement ordonnées contre les duels, retiendront dorénavant tous nos sujets d'y tomber; néanmoins, s'il s'en rencontroit encore d'assez téméraires pour oser intervenir à nos volontez, non seulement en se faisant raison par eux-mêmes, mais en engageant de plus dans leurs querelles et ressentimens des seconds, tiers ou autre plus grand nombre de personnes; ce qui ne se peut faire que par une lâcheté artificieuse, qui ſait chercher à ceux qui sentent leur ſaiblesse la sûreté dont ils ont besoin dans l'adresse et le courage d'autruy : Nous voulons que ceux qui se trouveront coupables d'une si criminelle et si lâche contravention à nostre présent Édit soient sans rémission punis de mort. Quant même il n'y auroit aucun de blessé ny de tué dans ces combats avec des seconds ; que tous leurs biens soient confisquez comme dessus ; que leurs armes soient noircies et brisées publiquement par l'exécuteur de la haute Justice ; qu'ils soient dégradez de noblesse, et déclarez eux et leurs descendans roturiers, et incapables de tenir jamais aucune des charges, sans que nous ny les Rois nos successeurs, les puissions retablir, ny leur oster la note d'infamie qu'ils auront justement encouruë, tant par l'infraction du présent Édit, que par leur lâche artifice, et nonobstant toutes lettres de grace et abolition qu'ils pourroient obtenir de Nous, auxquelles nous défendons à tous Juges d'avoir aucun égard. Et comme nul châtiment ne peut estre assez grand pour punir ceux qui s'engagent si légèrement et si criminellement dans des ressentimens d'offenses où ils n'ont aucune part ; et dont ils devoient plûtost procurer l'accommodement, pour la conservation et satisfaction de leurs amis, que d'en poursuivre la vengeance par des voies aussi destituées de véritable valeur et courage, comme elles le sont de charité et d'amitié chrétienne ; Nous voulons que ceux qui tomberont dans le crime d'estre seconds ou tiers, soient punis des mêmes peines que nous avons ordonnées contre ceux qui les employeront.

XV.

D'autânt qu'il se trouve des gens de naissance ignoble, et qui n'ont jamais porté les armes, qui sont assez insolens pour appeler des Gentils-hommes, lesquels refusans de leur faire raison, à cause de la différence des conditions ; ces mêmes personnes suscitent et opposent contre ceux qu'ils ont appellez d'autres Gentils-hommes, d'où il s'ensuit quelquefois des meurtres d'autant plus détestables, qu'ils proviennent d'une cause abjecte ; Nous voulons et ordonnons qu'en tel cas d'appels ou de combats, principalement s'ils sont suivis de quelques grandes blessures, ou de mort, lesdits ignobles ou roturiers, qui seront deuëment atteints et convaincus d'avoir causé et promû semblables désordres, soient sans rémission pendus et étranglez, tous leurs biens meubles et immeubles confisquez, les deux tiers aux hopitaux des lieux, ou des plus prochains, et l'autre tiers employé aux frais de justice, à la nourriture et entretènement des veuves et enfans des defunts, si aucun il y a ; permettant en outre aux Juges desdits crimes d'ordonner sur les biens confisquez telles récompenses qu'ils aviseront raisonnables aux dénonciateurs et autres qui auront découvert lesdits cas, afin que dans un crime si punissable chacun soit invité à la dénonciation d'iceluy : et quant aux Gentils-hommes qui se seront ainsi battus pour des sujets et contre des personnes indignes, Nous voulons qu'ils souffrent les mêmes peines que nous avons ordonnées contre les seconds, s'ils peuvent estre appréhendez, sinon il sera procédé contr'eux par defaut et contumace, suivant la rigueur des ordonnances.

XVI.

Nous voulons que tous ceux qui porteront sciemment des billets d'appel, ou qui conduiront aux lieux des duels ou rencontres, comme laquais ou autres domestiques, soient punis du foüet et de la fleur de lys, pour la première fois ; du bannissement et des galères à perpétuité, s'ils retombent dans la même faute, sans que nos Cours souveraines ou autres Juges ayent aucun égard aux graces et rémissions qui pourroient estre obtenuës en leur faveur : et quant à ceux qui auront esté spectateurs d'un duel, s'ils s'y sont rendus exprés pour ce sujet, Nous voulons qu'ils soient privez pour toûjours des charges, dignitez et pensions qu'ils possèdent; que s'ils n'ont aucunes charges, le quart de leurs biens soit confisqué et appliqué aux Hôpitaux ; et si le délit a esté commis en quelque province où la confiscation n'ait point de lieu, qu'ils soient condamnez à une amende aux profits desdits hôpitaux, laquelle ne pourra estre de moindre valeur que le quart des biens desdits spectateurs, que nous réputons avec raison complices d'un crime si détestable, puisqu'ils y assistent, et ne l'empêchent pas tant qu'ils peuvent; comme ils y sont obligez par les Lois divines et humaines.

XVII.

Et d'autant qu'il est souvent arrivé que pour éviter la rigueur des peines ordonnées par tant d'Édits contre les Duels, plusieurs ont recherché les occasions de se rencontrer, pour couvrir le dessein prémédité qu'ils avaient de se battre : Nous voulons et ordonuons que ceux qui prétendront avoir reçû quelque offense et qui n'en auront point donné avis aux susdits Juges du Point d'honneur, et qui viendront à se rencontrer, et se battre seuls ou en pareil état et nombre, avec armes égales de part et d'autre, à pied ou à cheval, soient sujets aux mêmes peines que si c'était un Duel.

Et pour ce qu'il s'est encore trouvé de nos sujets, qui ayant pris querelle dans nos États, et s'estant donné rendez-vous pour se battre hors d'iceux, ou sur nos frontières, ont cru par ce moyen éluder l'effet de nos Édits : Nous voulons que tous ceux qui en useront ainsi soient poursuivis tant en leurs biens durant leur absence, qu'en leur personne après leur retour, comme s'ils avoient contrevenu au présent Édit dans l'etenduë et sans sortir de nos Provinces, les jugeant d'autant plus criminels et punissables que les premiers mouvemens dans la chaleur et nouveauté de l'offense ne les peuvent plus excuser, et qu'ils ont eu assez de loisir pour modérer leur ressentiment, et s'abstenir d'une vengeance si défenduë.

XVIII.

Toutes les Lois, pour bonnes et saintes qu'elles soient, deviennent inutiles au public si elles ne sont observées et exécutées : pour cet effet, Nous enjoignons et recommandons tres-expressément à nos Cousins les Marechaux de France, auxquels appartient sous nôtre autorité, la connoissance et décision des contentions et querelles qui concernent l'honneur et la réputation de nos sujets, de tenir la main exactement et diligemment à l'observation de nôtre présent Édit, sans y apporter aucune moderation, ny permettre que par faveur, connivence, ou autre voye, il y soit contrevenu en aucune manière, nonobstant toutes lettres closes et patentes, et tous autres commandemens qu'ils pourroient recevoir de nous, auxquels nous leur défendons d'avoir aucun égard, sur tant qu'ils desirent nous obéir et complaire. Et pour donner d'autant plus de moyen et de pouvoir à nosdits Cousins les Maréchaux de France, d'empêcher et reprimer cette licence effrénée du Duel et Rencontres, considérant d'ailleurs que la diligence importe grandement pour la punition de tels crimes, et que les Prévosts et nosdits Cousins les Maréchaux, les Vice-Baillifs, Vice Senechaux, et Lieutenans criminels de Robe-Courte, se trouvans le plus souvent à cheval pour nostre service, pourront estre plus prompts et plus propres pour procéder contre les coupables de Duels et Rencontres : Nous en conséquence de nostre déclaration verifiée en nostre Cour et Parlement le 9 septembre 1747, par laquelle nous leur avons attribué la juridiction ordinaire, avons de nouveau attribué et attribuons l'exécution du présent Édit, tant dans l'enclos des Villes que hors d'icelles, aux Officiers de la Connétablie et Maréchaussée de France, Prévosts généraux de ladite Connétablie, de l'Isle de France, et des Monnoyes, à tous les autres Prevots generaux, Provinciaux, et particuliers, Vice-Baillifs, Vice-Sénéchaux, et Lieutenans criminels de la Robe-Courte, concurremment avec nos Juges ordinaires, et à la charge de l'appel en nos Cours de Parlement, ausquelles il doit ressortir ; dérogeans pour ce regard à toutes les Déclarations et Édits à ce contraires, et portans défenses ausdits Prévots de connoître des Duels et rencontres.

XIX.

Et dautant qu'il arrive assez souvent que lesdits Prévosts, Vice-Baillifs, Vice-Sénéchaux, et Lieutenans criminels de Robe-Courte, sont négligeans dans l'exécution des ordres de nosdits Cousins les Maréchaux de France : Nous voulons et ordonnons que si lesdits Officiers manquent d'obéir au premier mandement de nosdits Cousins les Maréchaux de France ou de l'un d'eux ou autres Juges du Point d'honneur, de sommer ceux qui auront querelle, de comparoître au jour assigné, de les saisir et arrester, en cas de refus et de désobéissance; et finalement d'exécuter de point en point, et toutes affaires cessantes, ce qui leur sera mandé et ordonné par nosdits Cousins les Maréchaux de France, et Juges du Point d'honneur; ils soient par nosdits Cousins punis et châtiez de leur négligence, par suspension de leurs charges et privation de leurs gages; lesquelles pourront estre réellement arrestez et saisis sur la simple ordonnance de nosdits Cousins les Maréchaux de France, ou de l'un d'eux, signifiée à la personne ou au domicile du Trésorier de l'ordinaire de nos guerres qui sera en année. Nous ordonnons en outre ausdits Prévosts, Vice-Baillifs, Vice-Sénéchaux, leurs Lieutenans et Archers, chacun en leur ressort, sur les mêmes peines de suspension et privation de leurs gages, que sur le bruit d'un combat arrivé ils se transportent à l'instant sur les lieux pour arrester les coupables, et les constituer prisonniers dans les prisons Royales les plus proches du lieu du délit : Voulons que pour chacune capture il leur soit payé la somme de quinze cens livres, à prendre, avec les autres frais de Justice, sur le bien le plus clair des coupables, préférablement aux confiscations et amendes que nous avons ordonnées cy-dessus. Et pour n'obmettre rien de ce qui peut servir à une exacte et sévère recherche des coupables des Délits et Rencontres : Nous enjoignons tres-expressément ausdits Prévosts, Vice-Baillifs, Vice-Sénéchaux, Lieutenans criminels de

Robe-Courte, et autres Officiers de la Connétablie et Maréchaussée de France, de tenir soigneusement avertis de trois en trois mois nosdits Cousins les Maréchaux de France, de contraventions à nôtre présent Édit, afin qu'ils nous en puissent informer, et recevoir sur ce nos commandemens et ordres.

XX.

Et comme les coupables pour éviter de tomber entre les mains de la Justice, se retirent d'ordinaire chez les grands de nôtre Royaume: Nous faisons très-expresses inhibitions et défenses à toutes personnes de quelque qualité et condition qu'elles soient, de recevoir dans leurs hôtels et maisons, ceux qui auront contrevenu à notre présent Edit. Et au cas qu'il s'en trouve quelques-uns qui leur donnent asile, et qui refusent de les mettre entre les mains de la Justice sitôt qu'ils en seront requis: Nous voulons que les procés verbaux qui en seront dressez, et duëment attestez par lesdits Prevosts des Maréchaux et autres Juges, soient incontinent et incessamment envoyez aux Procureurs généraux de nos Cours de Parlement, et à nosdits Cousins les Maréchaux, afin qu'ayant pris avis d'eux, nous fassions rigoureusement procéder à la punition de ceux qui protégent de si criminels desordres.

XXI.

Que si nonobstant tous les soins et diligences prescrites par les articles précédents, le crédit et l'autorité de personnes intéressées dans ces crimes, en détournoient les preuves par menaces ou artifices: Nous ordonnons que sur la simple réquisition qui sera faite par nos Procureurs généraux ou leurs substituts, il soit décerné Monitoires par les Officiaux des Évêques des lieux, lesquels seront publiez et fulminez selon les formes canoniques, contre ceux qui refuseront de venir à révélation de ce qu'ils sçauront, touchant les Duels et Rencontres arrivées. Nous ordonnons en outre, et conformement à nostre déclaration de l'année 1646, vérifiée en nostre Cour et Parlement de Paris, qu'à l'avenir nos Procureurs généraux en nos Cours de Parlement, sur l'avis des combats qui auront esté faits, feront leurs réquisitions contre ceux qui par notoriété en seront estimez coupables; et que conformément à icelles, nosdites Cours, sans autres preuves, ordonnent que dans le delai qu'elles jugeront à propos, ils seront tenus de se rendre dans les prisons, pour se justifier et répondre sur les réquisitions de nosdits Procureurs généraux. Et à faute dans ledit temps de satisfaire aux arrests qui seront signifiez à leurs domiciles: Nous voulons qu'ils soient déclarez atteints et convaincus des cas à eux imposez; et comme tels, qu'ils soient condamnez aux peines portées par nos Édits. Enjoignons à nosdits Procureurs généraux de nous tenir avertis des condamnations qui seront renduës, et des diligences qu'ils apporteront pour l'exacution d'icelles, et d'en envoyer les procédures à nostre tres-cher et féal le Chancelier de France.

XXII.

Nous voulons pareillement et ordonnons que dans les lieux éloignez des Villes, où nos Cours de Parlement seront séantes, lorsqu'après toutes les perquisitions et recherches susdites, les coupables des Duels et Rencontres ne pourront estre trouvez; il soit à la requestre des substituts de nos Procureurs généraux, sur la simple notoriété du fait, décerné prise de corps contre les absens; et qu'à faute de les pouvoir appréhender, en vertu du décret, tous leurs biens soient saisis, et qu'ils soient ajournés à trois briefs jours consécutifs; et sur iceux les défauts soient mis ès mains de nos Procureurs généraux, où à leurs substituts : pour en estre le profit adjugé, sans autre forme ny figure de procès, dans huitaine après les crimes commis.

XXIII.

Et afin d'empêcher les surprises de ceux, qui pour obtenir des graces nous déguiseroient la verité des combats arrivez, et mettroient en avant de faux faits pour faire croire que lesdits combats seroient survenus inopinément, et ensuite de querelles prises sur le champ : Nous ordonnons que nul ne pourra poursuivre au sceau l'expédition d'aucune grace ès cas où il y aura soupçon de Duels ou rencontre préméditée, qu'il ne soit actuellement prisonnier à nôtre suite, ou bien dans la principale prison du Parlement, dans le ressort duquel le combat aura esté fait; où estant verifié, qu'il n'a contrevenu en aucune sorte à nôtre présent Edit ; après avoir sur ce pris l'avis de nos Cousins les Maréchaux de France, nous pourrons luy accorder des lettres de rémission en connoissance de cause.

XXIV.

Toutes les peines contenuës dans le présent Edit, pour la punition des contrevenans à nos volontez, seraient inutiles et de nul effet, si par les motifs d'une justice et fermeté inflexible, nous ne maintenions les Loix que nous avons établies : A cette fin, nous jurons et promettons en foy et parole de Roy, de n'excmter à l'avenir aucune personne pour quelque cause et considération que ce soit, de la rigueur du présent Edit, et de n'accorder aucune rémission, pardon ou abolition à ceux qui se trouveront prévenus desdits Crimes de Duels et Rencontres préméditées. Et si aucune en sont présentées à nos Cours souveraines, auxquelles seules nous entendons, que dorénavant toutes rémissions de combats et meurtres soient adressés, Nous voulons qu'elles n'y ayent aucun égard, quelque cause de nôtre propre mouvement, et autre dérogatoire qui puisse y être opposée. Défendons tres-expressément à tous Princes et Seigneurs d'intercéder près de Nous, et faire aucune prière pour les coupables desdits crimes, sur peine d'encourir notre indignation. Protestons derechef, que ny en faveur d'aucun mariage de Prince ou Princesse de notre sang, ny pour les naissances de Dauphin et Princes qui pourront arriver durant nôtre regne, ny dans la cérémonie et joye universelle de nôtre Sacre et Couronnement, ny pour quelque autre considération générale et particulière qui puisse estre, Nous ne permettrons sciemment estre expédié aucunes lettres contraires au présent Edit; duquel nous avons résolu de jurer expressément et solennellement l'observation au jour de nôtre prochain Sacre et Couronnement, afin de rendre plus authentique, et plus inviolable une Loy si chrétienne, si juste et si nécessaire. Si donnons en mandement à nos amez et feaux les gens tenans nos Cours de Parlement, Baillifs, Sénéchaux, et tous autres nos Justiciers et Officiers qu'il appartiendra, chacun en droit soy, que le présent Edit ils fassent lire, publier et enregistrer, et le contenu en icelui garder et observer inviolablement, sans y contrevenir, ny permettre qu'il y soit contrevenu en aucune manière: Car tel est notre plaisir. Et afin que ce soit chose ferme et stable à toûjours, nous avons fait mettre nôtre scel à cesdites presentes, sauf en autre chose nôtre droit, et l'autruy en toutes. Donné à Paris au mois de septembre, l'an de grâce mil six cens cinquante-un, et de nôtre regne le neuviéme. Signé LOUIS. A costé, visa. Et plus bas, Par le Roy, De Guenegaud. Et scellé du grand sceau de cire verte sur lacs de soye rouge et verte. Et encore est écrit

« Lû, publié et registré, ouy, ce requérant et consentant « le Procureur Général du Roy, pour estre exécuté suivant les « Ordonnances; et copies collationnées à l'original envoyées « aux Bailliages et sénéchaussées de ce ressort, pour y estre pa- « reillement lûës, publiées, et registrées. Enjoint aux substi- « tuts du Procureur Général d'y tenir la main, et certifier la « Cour avoir ce fait au mois. A Paris, en Parlement, le Roy y « séant, le 7 septembre 1651.

« *Signé* GUYET. »

RÉQUISITOIRE.

RÉQUISITOIRE

DE M. LE PROCUREUR GÉNÉRAL,

ET ARRÊT DE LA COUR DE CASSATION.

(Extraits du Recueil de SIREY, tome 37, page 465.)

Dans la soirée du 28 janvier 1837, le sieur Baron, avoué, se croyant outragé par le sieur Pesson, agréé à Tours, porta à ce dernier un soufflet, par suite duquel un duel à l'épée eut lieu entre eux le lendemain. Le résultat du combat fut fatal au sieur Baron : atteint d'un coup de pointe au sein droit, il mourut presqu'aussitôt. — Une poursuite criminelle fut dirigée d'office par le ministère public contre le sieur Pesson. Mais la chambre du conseil du tribunal de Tours et ensuite la chambre d'accusation de la Cour royale d'Orléans déclarèrent n'y avoir lieu à suivre, sur le motif que le fait incriminé ne constituait ni crime ni délit.

Voici en quels termes l'arrêt de la Cour royale d'Orléans, en date du 29 avril 1837, retrace ce qui s'était passé sur le lieu du combat : — « Pesson, comme l'offensé, avait fait choix de l'épée : deux avaient été apportées. Sur l'observation qui fut faite que le sieur Baron était étranger au maniement de l'épée, on songea à se procurer des pistolets; mais Baron déclara qu'il préférait se battre à l'épée, parce qu'avec cette arme il pouvait défendre sa vie. Les épées étaient de différentes longueurs : l'une avait quelques lignes de plus que l'autre. On les tira au sort : la plus longue échut au sieur Pesson. Bientôt les combattants croisèrent le fer et, après une minute de combat, Baron fut atteint d'un coup dans la poitrine, au milieu du sein droit, et quelques instants après, il rendait le dernier soupir. »

Pourvoi en cassation de la part du procureur général près

la Cour royale d'Orléans. — Après un rapport très remarquable de M. le conseiller Dehaussy, dans lequel ce magistrat a exposé l'état de la doctrine et de la jurisprudence sur la question, M. le procureur général Dupin, portant la parole, a prononcé le réquisitoire suivant :

« Messieurs, la question des duels préoccupe vivement les esprits ; elle a pu diviser les opinions, être appréciée différemment selon les temps, la forme des gouvernements, le progrès des idées, et les divers degrés de la civilisation , les uns considérant le duel comme un droit, une sorte de palladium de la dignité individuelle ; d'autres comme un préjugé déplorable, mais qu'il convenait de ménager ; d'autres, enfin, comme un reste de féodalité et de barbarie, comme un acte antisocial. Ces opinions diverses ont traversé les divers âges de notre histoire ; elles ont fréquemment occupé les législateurs et les gens du monde, les moralistes et les jurisconsultes ; mais, entre tous, les hommes les plus vertueux, les plus sages, et j'ose dire les plus fermes et les plus indépendants, ont été d'avis que les duels sont un désordre qui ne saurait être toléré dans une société bien réglée, et que les homicides ou les blessures qu'ils entraînent sont de véritables crimes qu'il importe essentiellement de réprimer.

« Quelques arrêts déjà anciens (car le dernier est de 1828) ont accusé l'imprévoyance du législateur : ils ont prétendu qu'il y avait sur ce point une lacune dans le Code de nos lois pénales; et tout en déplorant l'impunité, ils l'ont consacrée ! — Mais d'autres voix plus nombreuses se sont élevées pour l'opinion contraire ; elles ont prévalu dans d'autres arrêts ; la nécessité d'un nouvel examen est réclamée de toutes parts; le temps et les faits ont marché. Il m'en coûte ici de combattre la jurisprudence de la Cour ; mais je lui dirai avec Henrys : « Si l'on était toujours demeuré aux termes des premiers arrêts, notre jurisprudence n'aurait pas si heureusement changé qu'elle a fait en plusieurs circonstances. Ce changement procède, ou de ce qu'on cherche mieux les principes, ou de ce que l'étude et l'expérience nous donnent de nouvelles lumières. »

« La Cour a plusieurs fois donné l'exemple de ces retours sur elle-même, après un nouvel examen : loin d'en souffrir, sa considération s'en est accrue, parce qu'en cela elle a montré d'autant mieux qu'elle ne cherche en tout que *la vérité dans l'application de la loi.*

« Déjà une partie de la question s'est présentée, sur un point fort secondaire, il est vrai, celui des dommages-intérêts accordés à la suite d'un duel ; et la chambre des requêtes a saisi avec bonheur, je dois le dire, l'occasion de faire faire un premier pas à la discussion, en rejetant le pourvoi contre l'arrêt qui avait adjugé ces dommages-intérêts ; et elle a, à ce sujet, manifesté son opinion, non pas seulement par le rejet du pourvoi, mais en employant des expressions d'encouragement telles que celles-ci : « Attendu que l'arrêt attaqué, loin d'avoir mal « interprété l'art. 1382, en a fait, au contraire, *une sage appli-* « *cation*, et a par-là rendu *un hommage aussi éclatant que sa-* « *lutaire aux principes de la morale*..... » — Dans ces circonstances, la question même des duels se présenta à mon esprit, et quoique à l'improviste, je rattachai à celle des réparations civiles quelques considérations générales qui parurent obtenir l'assentiment public. — De ce moment, je contractai l'engagement de saisir la première affaire qui se présenterait devant la Cour pour reprendre la discussion sur le fond même de la question. — C'est cet engagement que je viens accomplir aujourd'hui : veuillez donc, Messieurs, m'accorder toute votre attention.

« Vous avez entendu la lecture de l'arrêt attaqué ; vous avez pu remarquer avec quel sang-froid, on peut même dire avec quelle indifférence, il rapporte les circonstances du duel, et parle de cet homme frappé au milieu du sein droit, et qui peu de minutes après rendit le dernier soupir ; et après un tel récit l'arrêt ajoute : — « Attendu que le Code pénal de 1810, « en traitant des dispositions relatives à l'homicide, et en énu- « mérant les différents cas punissables, n'a fait aucune mention « de l'homicide commis en duel. » J'omets en ce moment les autres considérants ; ils trouveront place dans la discussion.

Arrêtons-nous seulement à ce point ; l'arrêt dit qu'il n'y a aucune loi répressive des conséquences du duel. Il faut donc recourir à la législation elle-même, consulter son origine pour suivre ses diverses transformations, voir le texte des lois, interroger leurs motifs, reviser les objections, et s'élever à quelques considérations générales.

« Pénétrons-nous bien d'abord de notre situation. Il ne s'agit pas de faire une loi, ni de se préoccuper de ce que devrait faire le législateur s'il voulait changer la législation ; mais il s'agit d'entendre et d'appliquer la loi telle qu'elle existe. — Et pour cela il convient surtout de remonter à l'origine pour apprécier plus exactement les changements survenus avec le temps.

« L'usage des duels dérive de l'ancienne justice du champclos : *Septentrionales armis decernere lites suas solitos fuisse scribit Paterculus*, dit Du Cange, au mot *Duellum*. Ouvrez le Code de Limdembroge, consultez les lois des Danois, des Bourguignons, et vous y trouverez l'usage de ces sortes de combats.

« C'était un usage barbare, mais il avait ses lois ; il s'exerçait sous la garantie de la puissance publique : on l'appelait *combat judiciaire* : il servait non à venger des injures légères et qui à peine souvent méritent ce nom, mais il servait à juger les procès, *lites*, ou les crimes, quand on croyait n'avoir pas d'autre moyen de découvrir le vrai coupable. — Ainsi, l'histoire nous apprend que l'empereur Othon, surnommé le Grand, mort en 973, ayant vu les docteurs embarrassés sur la question de savoir si la représentation devait avoir lieu entre les petits-enfants et les oncles, ordonna un duel, et par l'événement la représentation eut lieu.

« Du reste, ces duels avaient leurs statuts, leur code de procédure. Tels sont les règlements de Philippe-le-Bel sur les *Gages de Bataille*, publiés en 1306 : il y avait un juge de camp ; le vaincu encourait des peines sévères, quelquefois la mort, ou la confiscation, toujours l'amende. — De là, l'adage fort juste alors, que les *battus paient l'amende*, comme aujourd'hui celui qui perd son procès paie les dépens.

« La superstition se mêlait à ces combats : les populations croyaient y voir *le jugement de Dieu* comme dans les *épreuves judiciaires de l'eau et du feu*; on se confessait, on priait avant d'aller au combat.

« Cependant la première résistance se manifesta du côté de l'Église. Avitus, archevêque de Vienne, Agobard, archevêque de Lyon, firent des représentations au roi; mais ceux-ci se trouvaient liés par leurs codes nationaux, et n'étaient pas en état de donner d'autres lois à leurs peuples; ils résistèrent, et malgré le concile de Vienne en 855, le pape Nicolas Ier paya le tribut à son siècle en reconnaissant que les duels étaient légitimes puisqu'ils étaient autorisés par la loi salique et la loi *Gombette*.

« La superstition reprit donc le dessus; les ecclésiastiques même provoquèrent le duel; et, chose surprenante, pour le légitimer à leurs yeux, ils en cherchèrent des exemples dans l'Écriture; « ils soutinrent, dit un historien des duels, qu'Abel « et Caïn *sortirent aux champs* pour se battre en duel, et dé- « cider par un combat singulier une querelle née dans la « maison paternelle sur quelque jalousie de préférence. » (Jacques Basnage, *Histoire des duels*, page 1re.) — Mais ils auraient dû ne pas oublier le jugement que Dieu porta sur ce crime, en disant à Caïn : « Le sang de ton frère s'est élevé « jusqu'à moi, et tu seras maudit. *Nunc igitur maledictus eris.* »

« Plus tard cependant les rois s'étant mal trouvés de cette manière de guerroyer répandue autour d'eux et pratiquée par des vassaux qui leur disputaient le pouvoir à l'aide de la division des souverainetés, qui croyaient avoir le droit de se livrer à des guerres privées, dont le duel était la dernière expression (*duellum*, guerre à deux), les rois, dis-je, commencèrent à s'élever contre la pratique des duels.

« Saint-Louis, le héros de son siècle, commença le premier en 1260; il publia ses *Establissements*, dans lesquels on lit au chap. 22 : — « Nous deffendons à tous les batailles par tout « notre domaigne; et en lieu des batailles, nous mettons « preuves des témoins ou des chartes, selon droit écrit. » — Mais ce texte lui-même prouve que Saint-Louis n'était législateur que dans ses domaines. *Beaumanoir* en fait aussi la remarque en disant : « Li saint roy Loys les osta de sa court, si « ne les osta de la court de sy barons. »

« J'en trouve la preuve dans un fait qui se rattache à l'histoire du Nivernais. — On lit dans une ancienne chronique de Saint-Pierre-le-Moutier, l'un des plus anciens baillages de France, une plainte du prieur contre le roi Sai . - .ouis, dont le baillif anéantissait les duels dans ses terre . Le prieur et le roi avaient une justice commune. Le prince ne voulait point qu'on reçût les requêtes de ceux qui demandaient jour pour le duel; mais le prieur ne put souffrir ce privilége, et demanda que le baillif continuât à donner audience à ceux qui voulaient se battre, et le roi fut obligé de l'accorder pour les terres qui dépendaient absolument du prieuré. — De même lorsque Saint-Louis introduisit les appels, il éprouva de semblables résistances ; l'appel était réputé un démenti donné au premier juge, dont on faussait par-là la décision ; et il fallait que le juge se battît avec l'appelant.

« Philippe-le-Bel lui-même, venu plus tard, ne put encore que réglementer les duels, qu'il concentra du moins *inter barones* par son mandement de 1307. On sait du reste que l'usage des armes n'était pas permis aux roturiers ou vilains ; même quand, à leur égard, il y avait lieu à autoriser le *combat judiciaire*, pour la décision de leur procès, on ne leur permettait de se servir que du *bâton*.

« Quoi qu'il en soit, avec le temps, deux principes hardiment posés et constamment soutenus par le parlement finissent par prévaloir : le premier, que toute justice émane du roi ; le second, qu'au roi seul appartient d'ordonner la paix ou la guerre. — Du premier de ces principes, il résultait qu'il fallait s'adresser aux juges du roi au moins sur l'appel, et ne pas se faire justice à soi-même. — Du second, il s'ensuivait que nul en France ne pouvait recourir aux armes sans la permission expresse du roi, qui ne l'accordait jamais qu'aux nobles.

« Cet état de choses est attesté par Étienne Pasquier, dans ses *Recherches*, liv. IV, chap. 1er, *des Gages de Batailles*, où il dit, en attestant l'usage de son temps : « Il n'y a plus « que le roi qui puisse décerner les combats, et encore *entre « gentilshommes, lesquels font profession expresse de l'hon- « neur,* car il n'est plus question de crime, mais seulement de « se garantir d'un démenti quand il est donné. »

« On trouve plusieurs exemples de ces duels ainsi autorisés par les rois. Le dernier eut lieu le 10 juillet 1547, en présence de Henri II, entre Jarnac et la Chataigneraie. Ce dernier, favori du roi, fut tué, et c'est peut-être à cause de cela que depuis ce temps les rois refusèrent de donner de semblables autorisations.

« Il en résulta que les nobles s'en passèrent ; ils supposaient que, dans la confiscation de leurs prérogatives féodales, leur épée avait été oubliée, et qu'il leur était toujours loisible de la tirer pour venger leurs injures et soutenir leurs prétentions.

« De là, la nécessité d'une législation spéciale pour vaincre cette résistance *des gentilshommes et des gens d'armes,* qui persistaient à regarder les duels comme leur droit propre.

« Les premières ordonnances sont rédigées dans cette pensée. L'édit de Louis XIII de 1626 charge le connétable et les maréchaux « du pouvoir de décider et juger absolument tous différends sur le point d'honneur et réparation d'offense : » et il ordonne par sa disposition finale la stricte exécution de tout son contenu, « pour terminer les querelles qui naîtront *entre notre noblesse et gens faisant profession des armes.* »

« Louis XIV, en réformant et renouvelant la législation antérieure, par son édit de 1643, agit encore comme *protecteur de l'honneur de la noblesse.* La déclaration de 1653 exprime le même motif, et Louis XV, en confirmant par l'ordonnance de 1723, les édits de son prédécesseur, déclare de nouveau qu'il a fait usage du pouvoir que Dieu lui a donné pour arrêter les conséquences des injures qui peuvent avoir lieu

« entre gentilshommes, gens de guerre et autres ayant droit de porter les armes pour notre service. »

« Aussi les pénalités prononcées par ces édits sont-elles toutes propres aux gentilshommes : outre la peine de mort, qui, pour les nobles, consistait à avoir la tête tranchée, les autres peines sont le bannissement de la cour, la dégradation de la noblesse, la coupe de bois de haute futaie jusqu'à une certaine hauteur, l'exercice des droits de seigneurie au nom du roi, le bris de l'écu et des armoiries brisées par la main du bourreau.

« Il n'est question, dans cette législation du duel, des personnes qui ne jouissaient pas des prérogatives de la noblesse que dans une seule disposition, et à raison des appels que des gens de naissance *ignoble* seraient assez insolents pour adresser à des gentilshommes. Il ne sera pas inutile de rapporter cette disposition en entier : elle forme l'article 15 de l'édit de 1651.

« D'autant qu'il se trouve des gens de *naissance ignoble*, et « qui n'ont jamais porté les armes, qui sont assez insolents pour « appeler les gentilshommes, lesquels refusant de leur faire « raison à cause de la différence des conditions, ces mêmes « personnes suscitent et opposent contre ceux qu'ils ont ap- « pelés d'autres gentilshommes, d'où s'ensuivent quelquefois « des meurtres d'autant plus détestables qu'ils proviennent « d'une *cause abjecte*, nous voulons et ordonnons qu'en cas « d'appels ou de combats, principalement s'ils sont suivis de « quelque blessure ou de mort, lesdits ignobles ou roturiers « qui seront dûment atteints et convaincus d'avoir causé et « promu semblables désordres soient sans rémission pendus « et étranglés. »

« Cette législation toute spéciale pour la conservation de la vie et de l'honneur des gentilshommes, et au fond pour les tenir dans l'obéissance et le respect des ordres du roi, était fondée sur la juridiction du *point d'honneur*, instituée par l'édit de Louis XIII déjà cité, et elle ne pouvait, comme on l'a pu voir par les termes de cet édit, recevoir d'application qu'aux combats des nobles, qui seuls prétendaient, comme dit Pasquier, faire profession expresse de l'honneur.

« Quant aux combats qui n'avaient lieu qu'entre roturiers et vilains, auxquels l'usage des armes réputées nobles était interdit, ils rentraient comme les luttes à coups de poings et à coups de bâton dans le droit commun ; on en punissait seulement les conséquences lorsqu'elles étaient passibles d'une peine aux termes des lois générales.

« Cette séparation du droit exceptionnel des nobles d'avec le droit commun du reste des citoyens est surtout bien marquée dans la formule d'enregistrement de l'édit de 1626, laquelle porte : « Lu, publié et enregistré, pour être exécuté, « selon la forme et teneur... sans que les maréchaux de France « et les gouverneurs des provinces puissent prendre connais« sance des crimes, délits et voies de fait *non concernant ce « qui est estimé point d'honneur entre les seigneurs et gentils« hommes et autres faisant profession des armes.* »

« Quand survint la révolution de 1789 et après la célèbre nuit du 4 août, par cela seul que les priviléges de la noblesse avaient disparu, on put dire que la législation exceptionnelle des duels avait disparu dans tout ce qui la distinguait du droit commun ; on put le dire surtout après que la loi du 16 août 1790, tit. XIV, art. 13, eut supprimé tous les anciens tribunaux d'exception, et notamment la juridiction de la connétablie et des maréchaux. Cela surtout ne fut pas douteux après que la Constitution de 1791 eut proclamé en principe et comme un droit naturel et civil, qu'à l'avenir, « les mêmes dé« lits seraient punis des mêmes peines, sans distinction des « personnes. »

« La loi précitée du 16 août 1790 avait dit (tit. II, art. 21) : « Le Code pénal sera incessamment revisé. » Pour cela, et sur le point qui nous occupe, il y avait deux partis à prendre : ou de faire de la législation exceptionnelle la règle générale, si on croyait cette législation bonne ; ou bien de laisser les anciens priviléges dans le droit commun ; mais de toutes manières, il ne pouvait plus être question de législation exceptionnelle et privilégiée.

« Déjà, le 27 avril 1791, le savant Lanjuinais avait proposé quelques articles généraux sur les duels, mais ils ne furent pas soumis à la délibération de l'assemblée. Le résultat d'une conférence entre les comités fut qu'une loi spéciale sur le duel serait inutile et dangereuse ; que l'état de la société n'était plus le même ; que ce délit en lui-même et séparé de ses suites n'aurait plus les mêmes caractères qu'autrefois ; qu'en un mot, le droit commun, tel qu'on allait l'établir par un code général et uniforme, suffirait pour protéger la personne et la vie des citoyens.

« C'est en cet état qu'intervint le Code pénal du 25 septembre, 6 octobre 1791. —... (Ici M. le procureur-général lit les articles 1 à 7 de la section 1re du titre II de ce code ; puis il continue en ces termes) :

« Ainsi la loi, pour plus d'énergie, pour plus de généralité, procède au recours de ce qui a lieu ordinairement. Elle commence par préciser formellement les cas exceptionnels ou l'homicide sera excusable ; puis, dans les termes les plus absolus, elle déclare que, *hors les cas déterminés*, il sera puni comme crime.

« Eh bien ! aucune de ces exceptions ne peut s'appliquer au cas de duel. Ce n'est pas celle du 1er et du 2e article, où il s'agit d'homicide involontaire, car le duel est exclusif du défaut de volonté : on se bat parce qu'on l'a voulu, après avoir provoqué ou consenti, sur rendez-vous pris et donné. Ce n'est pas non plus celle des articles 3 et 4, c'est-à-dire de l'homicide légal, de l'homicide *ordonné par la loi ;* enfin ce n'est pas non plus celle de l'homicide légitime, car, d'après les termes de la loi, pour être considéré comme tel, il faut qu'il ait été *indispensablement commandé* par la *nécessité actuelle* de la légitime défense ; la défense suppose une réaction immédiate et indispensable : or, le duel comporte l'agression autant que la défense ; on ne se défend plus du moment qu'on attaque soi-même ; d'ailleurs où est la nécessité actuelle, le besoin de défense commandé indispensablement (dans une position qu'on s'est faite volontairement, dans un péril auquel on n'est exposé), qu'après se l'être créé soi-même et à l'avance ? L'objection était même prévue et résolue par un ancien jurisconsulte : *Lex non præsumit eum in discrimine vitæ fuisse, qui suâ culpâ se vitæ periculo exposuit.*

« Ainsi, l'homicide par suite de duel ne se trouve dans aucune des exceptions précisées par le Code pénal ; donc, il est compris dans la règle générale ; il tombe sous son application, et l'on ne peut l'y soustraire, par deux motifs de droit également puissants : 1°. parce qu'il y a des *exceptions* qu'on ne doit pas étendre ; 2°. parce qu'il y a une règle qu'il ne faut pas restreindre plus que la loi ne l'a voulu et ne s'en est expliquée elle-même.

« La différence entre l'ancienne et la nouvelle législation est donc bien distincte : l'ancienne admettait le *droit commun* de répression pour les vilains, et une *législation exceptionnelle* pour les nobles ; la nouvelle n'admet plus d'exception, elle établit un droit commun uniforme pour tous. L'ancienne législation punissait le duel des gentilshommes, comme duel, indépendamment de ses résultats, par exemple la simple provocation ; les témoins, les domestiques, laquais et autres porteurs de cartels étaient punis du fouet et de la fleur de lis pour la première fois, du bannissement et des galères perpétuelles pour la seconde (édit de 1651, article 16). Elle punissait le combat sans blessure : « Encore qu'il n'y ait aucun de blessé ou tué, porte l'édit de 1651, article 13, il y aura sans rémission peine de mort et confiscation des biens. » En effet, le duel n'était pas considéré principalement comme délit privé, comme attentat à la sûreté et à la vie des citoyens ; c'était un délit politique, considéré comme crime de lèse-majesté, comme attentat au pouvoir royal, à la justice et aux droits du roi comme chef de la noblesse. La nouvelle législation, au contraire, ne voit que les résultats matériels. S'il n'y a personne de tué ni de blessé, elle n'a rien à poursuivre ; s'il y a meurtre ou blessure, elle punit, *quelles que soient les personnes,* c'est-à-dire sans distinction de naissance, sans répression exceptionnelle pour une classe privilégiée qui n'existe plus ; *quelles que soient les armes*, l'épée, jadis arme noble, ou l'ignoble bâton ; *quels que soient les moyens*, guet-apens ou combat prémédité et convenu.

« Et l'on viendra dire qu'il y a lacune dans cette législation ! oubli de statuer sur les duels ! comme s'il était nécessaire que la loi eût spécialement dénommé le duel pour que le meurtre ou les blessures qui en sont la suite fussent punissables. Déjà, de son temps, un jurisconsulte célèbre, Barbeyrac, émettait le principe contraire. — « Il *n'est pas nécessaire,* à mon avis,
« disait-il dans ses notes sur Puffendorff (livre 1er, chapitre 5,
« § 9), que les lois défendent expressément les duels pour
« qu'on puisse les regarder comme des combats illicites, où
« celui qui tue son homme est toujours un véritable *homicide* :
« cela suit de la constitution même des sociétés civiles. »

« Sur les duels comme duels, avec l'idée que la provocation seule non suivie d'effets, et comme bravant la défense du maître, est crime de lèse-majesté, il est très vrai, un tel fait n'est plus crime. Mais que les suites d'une telle agression contre les personnes, s'il y a eu meurtre ou blessures, ne soient pas punis, le contraire est évident. — Cela serait vrai si le meurtre ou les blessures en soi n'avaient été érigés en crimes ou délits que par la législation exceptionnelle sur les duels : alors, celle-ci cessant, la criminalité eût cessé. Mais le meurtre et les blessures étaient crimes indépendamment de cette législation, d'abord entre non nobles, par le droit commun ; et quant aux gentilshommes, la loi des duels ne leur créait pas ce caractère de crime, elle le leur *reconnaissait*, en y ajoutant des conditions aggravantes pour le fait même du duel, quels que fussent ses résultats. Celles-ci seules ont été retranchées en 1791 ; le nouveau Code pénal a puni tout homicide, hors les cas exceptionnels qu'il a lui-même énumérés, celui commis en duel comme tout autre.

« Un décret du 17 septembre 1792 vient prêter un nouvel appui à la thèse que je soutiens. Ce décret porte que « tous
« procès et jugements contre des citoyens, depuis le 14 juil-
« let 1789, sous prétexte de provocation au duel sont abolis. »
Or, si les duels étaient, comme on le prétend, abolis de-

puis 1791, par cela seul qu'ils n'étaient pas réprimés nominativement par ce code, une amnistie était superflue ; car on ne peut poursuivre que ce qui est crime et puni comme tel au jour où le jugement doit avoir lieu. Cependant ici l'amnistie était nécessaire, et pourquoi? par deux motifs : le premier, parce qu'on la faisait remonter jusqu'au 14 juillet 1789, époque où la législation exceptionnelle était encore censée en vigueur; le second, parce que, depuis la loi de 1791, si l'on n'avait pas pu poursuivre en vertu des anciens édits, on aurait pu poursuivre en vertu du droit commun si le duel avait entraîné quelques suites.

« On a beaucoup argumenté d'un décret de la convention du 29 messidor an II, par lequel cette assemblée, disent les arrêts où se trouvait cette objection, a reconnu et déclaré que la législation de 1791 n'atteignait pas les duels.

« Remarquons d'abord l'erreur complète où sont tombés les arrêts qui ont fait cette objection, et qui l'ont présentée si légèrement qu'il est évident qu'en citant le décret du 29 messidor de l'an II on n'en avait pas le texte sous les yeux. En effet, ce décret ne s'applique pas au Code pénal de 1791, mais au Code pénal militaire du 12 mai 1793. En voici le texte : — « La « Convention nationale, après avoir entendu le rapport de son « comité de législation sur le jugement de référé du tribunal « criminel du département de Seine-et-Oise, présentant la « question : si les dispositions de l'article 11 de la 4e section « du Code pénal militaire doivent s'appliquer à la provocation « en duel par le militaire inférieur envers son supérieur, hors « le cas du service : — Considérant que l'application de la loi « doit être restreinte au cas qu'elle a prévu, et que l'article « cité ne contient ni sens ni expression qui s'applique à la pro- « vocation au duel ; — Décrète qu'il n'y a pas lieu à délibérer ; « — Renvoie à la commission du recensement et de la rédac- « tion complète des lois pour examiner et proposer les moyens « d'empêcher les duels, et la peine à infliger à ceux qui s'en « rendraient coupables, *ou qui les provoqueraient*. — Le pré- « sent décret ne *sera point imprimé* : il en sera adressé une co-

« pie manuscrite au tribunal criminel du département de « Seine-et-Oise. »

« La question se présentait à la Convention comme une question de discipline militaire : il s'agissait de maintenir la subordination ; on voulait empêcher les provocations de l'inférieur au supérieur : et il est évident que le texte de l'article 11 de la section 4 de la loi du 12 mai 1793, qui parlait seulement de menaces par paroles et par gestes, ne s'y prêtait pas. On fit donc bien de passer à l'ordre du jour. On fit bien encore d'aviser au moyen d'empêcher à l'avenir ces provocations. Il y avait ici quelque chose d'analogue à cette ancienne défense faite au roturier d'appeler en duel le gentilhomme, avec cette différence essentielle que, chez le gentilhomme, il ne reste plus que le titre dépouillé de fonctions, tandis que dans la hiérarchie militaire, il y a le titre uni au commandement ; ce qui constitue, non pas une hiérarchie de prétention et de vanité, mais une hiérarchie légale dont les degrés doivent être respectés.

« Au surplus, cette question de discipline a été résolue comme elle devait l'être, par un ordre du jour donné le 13 juin 1835 par M. le maréchal Maison, et dans lequel on remarque les passages suivants : — « Au mépris des règles de la « subordination, un lieutenant-colonel a osé provoquer en « duel son supérieur. Un événement aussi fâcheux, qui aurait « pu porter atteinte à la discipline du corps, méritant une « punition prompte et sévère, le ministre vient d'ordonner que « ce lieutenant-colonel soit traduit devant un conseil de « guerre. Quant au supérieur, qui, pouvant se servir de l'au- « torité dont l'armait la loi et son grade, a eu la condescen- « dance de répondre à cette provocation, il sera puni par la « perte de son emploi ; et les témoins, officiers du corps, qui « ne se sont pas opposés à cette rencontre, garderont les arrêts « de rigueur pendant quinze jours... » — C'est la seule chose qu'il y eût à faire ; mais il résulte toujours de cette discussion que le considérant qui s'est glissé d'une manière traditionnelle dans l'arrêt attaqué est tout-à-fait erroné, et porte entièrement à faux.

« Le Code des délits et des peines du 3 brumaire an IV n'a apporté aucun changement aux dispositions du Code pénal de 1791. Sous l'un comme sous l'autre, les blessures et l'homicide étaient punissables, quelle que fût la cause non légalement exceptée qui y eût donné lieu.

« En l'an IX, cependant, un doute s'éleva à l'occasion du duel; mais il fut résolu aussitôt par un avis du ministre de la justice, rapporté par Fleurigeon, dans son Recueil administratif, tome V, page 290, au mot *Duel*. En voici le texte : « Dans « l'état actuel de la législation, le duel qui n'a été suivi d'au- « cune blessure, contusion ou meurtre, ne peut donner lieu à « des poursuites judiciaires; mais il est hors de doute que les « blessures, contusions ou meurtres effectués, étant par eux- « mêmes des atteintes portées à la sûreté ou à la vie du ci- « toyen qui en a été victime, ces voies de fait rentrent dans la « classe de toutes celles de la même nature qu'ont prévues les « lois pénales et que doivent poursuivre les tribunaux d'après « la nature des circonstances et la gravité du fait matériel. »

« Depuis ce temps jusqu'en 1810, aucune difficulté ne s'est élevée sur la question. Les duels étaient rares alors; les circonstances offraient à chacun de meilleures occasions de moutrer son courage contre les ennemis de l'État; et si quelques duels passèrent inaperçus, du moins on ne vit rendre aucune décision qui en consacrât l'affligeante impunité.

« Le Code pénal de 1810 a pris les choses dans l'état où elles se trouvaient; il a voulu maintenir le droit commun : c'est ce qui résulte des règles qu'il pose, et dans lesquelles l'intention du législateur se trouve bien nettement reproduite. L'article 295 qualifie meurtre tout homicide commis volontairement; l'article 309 punit tout individu qui aura fait des blessures, et l'article 311, celui qui aura porté des coups; enfin, l'article 319 punit l'homicide, même causé involontairement, s'il y a eu maladresse, inattention, négligence ou inobservation des réglements.

« Ainsi, même dans les cas les moins graves, lorsqu'il y a un citoyen frappé, blessé; lorsqu'on voit une atteinte portée même involontairement à cette maxime : « Tu ne tueras pas, tu ne « blesseras pas », le législateur sévit : et l'on voudrait que ce même législateur eût permis le duel ! Le principe souffre, il est vrai, quelques exceptions qui se trouvent écrites dans les articles 295, 319, 327 et 326 du Code pénal. Mais ces exceptions elles-mêmes ne font que confirmer la règle, surtout en présence de la sanction qui lui est donnée par l'article 65, qui dispose que nul crime ou délit ne peut être excusé que dans les cas et dans les circonstances où la loi déclare le fait excusable. — Or, la loi ne range pas le duel dans la catégorie des causes qui peuvent excuser soit le meurtre, soit les simples blessures. — Et qu'on ne cherche pas une objection dans cette circonstance, que le Code de 1810 ne reproduit pas ces mots du Code pénal de 1791 : « les meurtres et les blessures sont « également punissables envers quelques personnes, avec quel- « ques armes et par quelques moyens qu'ils aient été commis. » Ces mots n'ont disparu que parce qu'à cette époque on était loin des priviléges abolis en 1791 ! L'abolition des priviléges, de la distinction entre les individus et les armes, avait produit son effet ; elle était acquise à la législation : voilà pourquoi le nouveau Code pénal ne s'en est plus occupé. De même, dans le Code civil, il n'est plus question de douaire, d'institutions contractuelles, de garde-noble, tandis que dans la loi du 17 nivôse an 11, et dans toutes les lois transitoires qui ont établi le passage de l'ancienne à la nouvelle législation, ces dénominations de choses, qu'il s'agissait alors récemment d'abolir, se retrouvent fréquemment.

« Au reste, l'intention du législateur ressort d'une manière bien claire de l'exposé des motifs présenté au nom de la commission de législation, par M. de Montseignat, à la séance du 17 février 1810. « Vous me demanderez peut-être, disait-il, « pourquoi les auteurs du projet de loi n'ont pas désigné par- « ticulièrement un attentat aux personnes trop malheureuse- « ment connu sous le nom de duel : c'est qu'il se trouve com- « pris dans les dispositions générales du projet de loi qui vous « sont soumises. Nos rois, en créant des juges d'exception

« pour ce crime, l'avaient presque anobli. Ils avaient consa-
« cré les atteintes au point d'honneur en voulant les graduer
« ou les prévenir ; en outrant la sévérité des peines, ils avaient
« manqué le but qu'ils voulaient atteindre. Le projet n'a pas dû
« particulariser une espèce qui est comprise dans un genre
« dont il donne les caractères. »

« On a objecté que ces paroles de M. de Montseignat n'expriment que l'opinion de la commission du Corps législatif, et que la discussion du Conseil d'état n'avait rien produit de semblable sur le duel : à cette objection, je répondrai d'abord par le mot de M. Treilhard, conseiller d'état, lui qui eut l'influence la plus directe sur la rédaction du Code de 1810. On lui demandait pourquoi ils n'avaient pas nominativement parlé du duel ; « Nous n'avons pas voulu, dit-il avec cette
« brusque énergie qui le caractérisait, et que plusieurs d'entre
« vous peut-être lui ont connue, nous n'avons pas voulu lui
« faire l'honneur de le nommer. »

« Quant au discours de M. de Montseignat, il faut bien distinguer entre un discours de cette nature, arrivé au Corps législatif avec la loi dont il exposait les motifs, et un discours qui aurait été simplement improvisé, au milieu d'une discussion plus ou moins controversée, et dans laquelle il est quelquefois difficile de démêler le véritable motif qui entraîne le vote de l'assemblée. Le discours de M. de Montseignat avait un autre caractère. L'orateur ne parlait pas en son nom seul ; son rapport était fait au nom de la commission de législation, qui n'était pas bornée aux fonctions de nos commissions actuelles, mais qui avait un autre caractère, une mission constitutionnelle et non pas seulement réglementaire ; en un mot, le rapport était la *vive voix du Corps législatif*, à une époque où toute discussion orale était interdite à ses membres.

« En effet, il résulte du sénatus-consulte du 19 août 1807 que la commisssion de législation du Corps législatif était un corps *constitutionnel*, institué en *remplacement du Tribunat*, investi des attributions de cette branche du pouvoir législatif (article 1er), dont l'objet était de concourir, avec le Conseil d'état, *à la formation de la loi* et *à l'exposé du sens* et des *motifs* de ses dispositions, délibérant séparément, se réunissant en conférence sous la présidence de l'archichancelier de l'empire (article 4), en cas de discordance d'opinion avec la section du Conseil d'état qui avait rédigé le projet de loi; faisant ses rapports en présence des *orateurs* de ce Conseil, avant eux s'ils n'étaient pas du même avis, et après eux dans le cas contraire (article 5); qu'ainsi ces rapports *non contredits* par ces orateurs complètent l'exposé fait par eux, et sont une preuve certaine de l'esprit qui a présidé à la rédaction et à l'adoption des lois.

« Une seconde considération achève de montrer, suivant nous, jusqu'à l'évidence, que ce rapport n'est pas une simple opinion; qu'il doit être considéré comme *les véritables motifs* de la partie du Code pénal à laquelle il s'applique : c'est la date du rapport et celle du décret du Corps législatif qui a donné force de loi au chapitre 1er, titre 2, livre 3 du Code. — Le 17 février 1810, M. de Montseignat présente au Corps législatif son rapport sur le chapitre 1er, titre 2, livre 3 du Code pénal, qui fut dans la même séance (*Moniteur* du 26 et 27 février 1810), et par UN VOTE QUI SUIVIT IMMÉDIATEMENT LE RAPPORT de M. de Montseignat, converti en loi par le Corps législatif. — De plus, cette partie du Code pénal a été promulguée le 27 février 1810, c'est-à-dire au bout des dix jours prescrits par l'article 37 de la Constitution de l'an VIII, et dans cet intervalle elle n'avait subi aucune espèce de modification. De sorte que le vote du Corps législatif et le décret de promulgation qui l'a suivi sont légalement censés avoir confirmé les motifs du rapport qui se rattachaient au projet présenté.

« Il faut donc reconnaître que l'étendue des dispositions pénales du Code concernant *les blessures, le meurtre et l'assassinat* est fixée par les motifs qui viennent pour ainsi dire surabondamment élucider des textes qui n'offraient déjà aucune équivoque. — Ainsi, pas de lacune dans le Code pénal de 1810, et je n'ai pas même besoin d'avoir recours au principe abstrait de Barbeyrac : le texte du Code comprend tous les homicides et blessures non exceptés, et l'on n'a pas entendu excepter les duels, ou les ériger en crime à part, en crime noble, en leur rendant une existence distincte. Le Code protége les droits de tous les citoyens indistinctement contre toute attaque d'où peut résulter la mort ou des blessures.....

« Une nouvelle raison de décider, continue M. le procureur général, se puise dans le rapprochement entre notre législation et la législation anglaise : « En Angleterre, les lois militaires punissent la *provocation*, sans s'occuper des suites du combat qui peut en être ou en avoir été la suite, et c'est là précisément ce qu'aurait voulu la Convention en l'an II. Mais, les effets et les suites du combat sont réglés *jure communi* selon la déclaration du jury. Ce fut le célèbre Bacon, alors attorney général, qui fit prévaloir cette doctrine peu après l'abolition des combats judiciaires en Angleterre; et Blackstone signale le duel comme une insulte à la justice du pays ! — « La punition pour les batteries ordinaires (*affrays*), « dit-il (livre IV, chapitre 11, intitulé *des offenses contre la* « *paix publique*), est l'amende et l'emprisonnement. Elle doit « se régler par les circonstances de l'affaire, et croître en « proportion, s'il en est de véritablement aggravantes. Si, par « exemple, deux personnes s'engagent dans un duel avec « préméditation et de sang-froid, comme il s'ensuit qu'il y a « intention apparente de tuer, qu'on en peut craindre l'effet, « et que c'est une insulte grave à la justice nationale, c'est une « circonstance très aggravante de la batterie, même quand il « n'en résulterait pas un mal effectif. »

« Plus loin, en traitant de l'homicide, et considérant alors le duel, non plus en lui-même, mais par le résultat qu'il a pu avoir (chap. 14, de l'homicide) : « Il est des cas, dit-il, « où le meurtre accidentel commis *pro se defendendo* rend « coupable du crime d'homicide, comme par exemple celui « qui donne la mort à un autre en combattant régulièrement « avec lui. » — Et plus loin encore : « *La préméditation* est « évidemment *expresse* dans le cas d'un duel *convenu*, où les « deux adversaires se rencontrent au lieu du rendez-vous avec

« l'intention avouée de commettre un homicide, dans l'idée
« qu'ils agissent comme le doivent des gens d'honneur, et
« qu'ils ont le droit de se jouer de leur propre vie et de celle
« de leurs semblables, sans y être autorisés par aucune puis-
« sance divine et humaine, en offensant au contraire directe-
« ment les lois et de l'homme et de Dieu. Aussi la loi a-t-elle
« avec justice déclaré les *duellistes coupables de meurtre*,
« et punissables comme tels, ainsi que leurs seconds. »

« Pourquoi faut-il que chez nous la jurisprudence des arrêts ait méconnu ces principes, et que depuis 1818 la question (qui n'avait pas été soulevée sous l'empire) ait été résolue dans le sens de l'impunité du duel: Et cependant, dix Cours royales se sont prononcées dans notre sens : ce sont celles de Paris, Montpellier, Toulouse, Limoges, Douai, Aix, Amiens, Nancy, Metz, Colmar; et telle est aussi l'opinion qu'émettait devant la Cour royale de Lyon M. le procureur général Courvoisier. En 1818 seulement, un premier arrêt de cassation vint changer le sens de cette jurisprudence; il est suivi de plusieurs autres, et enfin, en 1828, un dernier arrêt rendu en chambres réunies, à la majorité de deux voix seulement, s'il faut en croire ce qui a transpiré de la délibération, confirma ces premières décisions et renvoya à l'interprétation de la loi.

« Sur ce renvoi, deux projets furent soumis aux Chambres. Dans leurs rapports respectifs, MM. Pasquier et Portalis flétrirent le duel avec énergie. Ces projets ne contenaient que quelques modifications de la loi actuelle, c'est-à-dire de la loi commune. D'abord on introduisait quelques peines nouvelles (telle que l'interdiction à toujours des droits civiques) et ensuite une question de circonstances atténuantes qui depuis est devenue une règle générale de la législation criminelle ordinaire. C'était un danger, peut-être, que la présentation de ces lois spéciales, car elles auraient eu pour effet d'ériger encore le duel en délit à part, et de contribuer peut-être ainsi à en perpétuer l'existence en lui donnant une classification et une pénalité distinctes.

« Ces projets ne passèrent pas en lois, et on resta dans le même état. C'était le moment pour la jurisprudence de revenir à une interprétation meilleure de la législation existante! car alors les duels se multipliaient d'une manière effrayante : duels entre journalistes, duels parlementaires, duels de magistrats à l'occasion d'actes de leurs fonctions, duels d'avoués et d'agréés, et vous en avez un de cette nature dans la cause actuelle; duels d'écoliers! enfin partout un esprit général de violence et d'insubordination! Comment n'a-t-on pas vu le danger qu'il y avait à jeter dans une société ainsi en effervescence le principe que le duel est une chose en dehors de toute répression publique! En présence de tels faits, on s'est demandé de nouveau s'il était vrai que le législateur eût laissé la société complétement désarmée.

« Nous serions le seul peuple de l'Europe, que dis-je! le seul pays du monde que ses législateurs eussent à ce point délaissé! La France en particulier n'a jamais été ainsi désarmée à aucune époque de son histoire. Et près de nous, ne voyons-nous pas un état qui, en se séparant de notre gouvernement politique, a conservé nos lois pénales, la Belgique, dont les Cours ont fondé sur ces mêmes lois une tout autre jurisprudence, aux applaudissements de l'Europe chrétienne et civilisée.

« Voilà, Messieurs, ce qui fait naître pour nous la nécessité d'un nouvel examen. Depuis votre dernier arrêt (en 1828) un long temps s'est écoulé; la Cour a vu près de la moitié de ses magistrats se renouveler; une révolution féconde en enseignements publics s'est interposée. Ne sont-ce point là de puissants motifs de ne pas se croire lié par des précédents?

« Les objections sur lesquelles les arrêts favorables aux duels ont basé leurs motifs se trouvent reproduites dans l'arrêt attaqué : c'est la convention des parties, la simultanéité d'attaque et de défense, l'excès de sévérité du Code pénal ordinaire quand on veut l'appliquer aux conséquences des duels, l'argument tiré du décret du 29 mess. an II, et les objections contre le rapport de M. de Monseignat.

« Ces deux derniers motifs ont déjà reçu leur réfutation, je n'y reviendrai pas ; quant aux autres, ils ne peuvent soutenir un sérieux examen.

« La convention des parties ! en pareille matière, est-ce donc que tout indistinctement peut tomber en convention ! Oublie-t-on les limites que la loi a dans tous les temps apportées à la liberté des conventions ! oublie-t-on qu'elle défend celles qui ont pour objet des causes illicites, et qu'elle répute telle toute convention contraire aux bonnes mœurs ou à l'ordre public. Or, ces mêmes arrêts qui refusent la répression aux duels avouent (et ces termes sont ceux d'un de vos arrêts) que le duel est un fait qui blesse profondément la religion et la morale, et qui porte une atteinte grave à l'ordre public : comment donc légitimer les duels par la prétendue convention d'essayer à se tuer réciproquement !

« Les joueurs aussi jouent par convention, cela empêche-t-il les tribunaux d'annuler les dettes de jeu ? — Oui, pour l'argent, il faut empêcher la ruine des familles ! Mais si l'on joue la paix de la famille, si l'on joue sa vie, époux, fils ou père, la convention sera licite, elle absoudra les contractants !

« Et voyez où cela conduit ! si l'on peut par convention mettre sa vie et celle d'autrui en compromis, *à fortiori,* on pourra compromettre sa vie seule ; l'homme dégoûté de la vie, qui voudra secouer le joug que lui a imposé le Créateur, priera un ami de le délivrer de ce fardeau ; celui-ci pourra lui enfoncer froidement un poignard dans le cœur, et il lui suffira de produire la quittance de la vie destinée à attester la convention. Ce moyen ne comporte pas un plus long examen.

« La simultanéité d'attaque et de défense ! mais cette simultanéité fait précisément qu'il n'y a pas défense dans le sens de la loi ! Il n'y a pas défense nécessaire puisqu'il y a en même temps agression, qu'on cherche bien plus à donner la mort qu'à s'en garantir, et que si l'on cesse un instant de chercher à tuer son adversaire, il est très vrai qu'on ne se défend plus ! La défense n'est pas *nécessaire*, surtout en ce sens, que c'est de son plein gré, et par suite d'un rendez-vous préalablement donné, qu'on se crée le péril dont on veut ensuite se garantir ! Que dire d'ailleurs de ces duels alternatifs où, après le premier coup de pistolet parti, celui qui a essuyé le feu tire à son tour de sang-froid et avec le sentiment que son adversaire seul est désormais en danger de succomber.

« Quant à l'excès de sévérité reproché à nos lois, sous prétexte que le duel ne doit pas être confondu avec le guet-apens ou l'assassinat, je réponds que si cet inconvénient existait, le reproche tomberait sur le législateur en tant qu'il n'a pas voulu faire au duel l'honneur de le nommer et d'en faire un délit à part; mais ce ne serait pas un motif qui pût autoriser le juge à se dispenser d'appliquer la loi générale telle qu'elle est, même avec ses inconvénients, s'il est vrai qu'il y en eût dans son application. En effet, une de nos maximes, surtout en cassation, est qu'il ne faut pas juger des règles par le prétendu inconvénient attaché à leur observation : *Non ab inconvenientibus metiri regulas*. La loi est générale, elle dit à chacun : *Tu ne tueras point*, *tu ne blesseras point autrui*. Elle a fait quelques exceptions ; elle n'en admet pas d'autres ; le duel n'est pas excusé ; en cet état, le juge qui refuserait d'appliquer la loi n'accuserait pas seulement son intelligence, mais il grèverait sa conscience de tous les malheurs qu'il autoriserait en refusant de les réprimer.

« Il ne faut pas étendre ni suppléer la loi pénale : c'est un principe vrai, je l'ai proclamé énergiquement en prenant séance au sein de cette Cour et constamment depuis ; mais s'il ne faut rien ajouter à la loi, il ne faut rien lui ôter ; il ne faut pas étendre les exceptions, il ne faut pas affaiblir les règles ; on ne doit pas restreindre une loi absolue par des distinctions qu'elle n'a pas voulu faire : *Ubi lex non distinguit, non distinguere debemus;* autrement le juge se fait législateur: *Alioquin judex transiret in legislatorem*, dit Bacon. Aussi avez-vous constamment qualifié ce mode de procéder d'excès de pouvoir, et vous n'avez jamais épargné les cassations aux arrêts qui se les sont permis.

« Les seules distinctions possibles sont celles qui peuvent résulter des circonstances atténuantes : la mort appliquée toujours comme peine pourrait être un prétexte d'impunité. La possibilité d'une atténuation par les circonstances atténuantes était désirée dans le projet de 1829; depuis, elle a été introduite par la loi de 1832. Et quand on pense que cette disposition est générale, qu'elle s'applique à toutes les matières prévues par notre Code pénal, et que dans les cas les plus graves, c'est au jury, appelé le jugement du pays, qu'il est donné de les apprécier, n'a-t-on pas toutes les conditions d'un jugement attempéré à ce que peut comporter l'opinion la plus forte comme la plus indulgente?

« Messieurs, rappelez-vous le verdict du jury anglais: Un père avait tué le ravisseur de sa jeune fille: il avouait son crime, et dans sa douleur il exprimait le regret de n'avoir pu tuer qu'une seule fois l'auteur de tous ses maux. Cependant il fut acquitté, et toute l'Angleterre d'applaudir à cet arrêt. Messieurs, la conscience du jury a des mystères que nul n'a le droit de sonder; il n'en répond qu'à Dieu et au pays. Il en sera de même des verdicts de notre jury, composé de pères de famille et d'honorables citoyens lorsqu'ils seront appelés à prononcer sur les suites d'un duel: chacun y apportera une sévérité mêlée de discernement.

« Avec ce système tout rentre dans l'ordre; tout fait qui a troublé la société est poursuivi; le compte-rendu d'un duel qui a entraîné la mort ou la blessure d'un citoyen n'arrive pas au public par la voix des journaux, toujours éloquents pour toute espèce de duel, mais il passe par la voix sévère du ministère public, par l'examen de la justice, par le jugement du pays, et même en cas d'acquittement, si les faits le comportent, au moins on aura rendu hommage à la loi, à la morale et à la justice.

« Au lieu de cela, peut-on désintéresser la société en proclamant avec emphase que si le duel est un fait qui blesse profondément la religion et la morale, et porte une atteinte grave à l'ordre public, néanmoins le duel, sans le concours d'aucune circonstance de déloyauté et de perfidie (formule empruntée au moyen âge), le duel n'est qualifié crime par aucune loi en vigueur? — Ce motif, qui se trouve notamment dans l'arrêt de 1828, n'est autre chose qu'une pétition de principe, car cette assertion est précisément ce qui est en question.

« Le duel, dit-on, blesse profondément la religion et la morale, et porte une atteinte grave à l'ordre public : raison de plus, par conséquent, raison puissante pour penser que le législateur n'a pas entendu le légitimer en proclamant l'impunité de ses suites. — « Il faut, dit le célèbre d'Argentré, il faut éviter toute interprétation qui tendrait à rendre le législateur infâme : *Vitanda est interpretatio quæ infames faceret legislatores.* » — Non, non, il n'est pas vrai qu'en France, à aucune époque, le législateur ait livré la vie des citoyens au hasard d'une agression armée ; il n'est pas vrai qu'en France, à aucune époque, il ait été permis avec impunité de tuer ou de blesser son semblable ! L'homicide et les blessures ont toujours été condamnés et réprimés par toutes nos lois pénales.

« Avec la prétention moderne de lacune et d'oubli, voyez où on irait ! Si l'ancienne législation dans ce qu'elle avait de spécial pour les duels n'avait pas été changée, elle aurait conservé son effet, mais seulement pour les personnes qu'elle avait en vue (c'est-à-dire pour les gentilshommes et les gens d'armes), s'étendant à la fois aux provocations même non suivies d'effets, aux combats sans que personne eût été tué ni blessé, aux témoins et aux valets employés au service des duels. Mais dans cette hypothèse aussi, et à côté de cette législation exceptionnelle serait resté l'ancien droit commun, le droit général du royaume, appliqué à tous les autres citoyens dont on ne brisait pas l'écu, qu'on n'excluait pas de la cour, dont on ne coupait pas les futaies à hauteur d'appui, mais que l'on bannissait du royaume et que l'on pendait sans plus de façon.

« Or, en 1791, qu'y a-t-il eu d'abrogé? l'exception, sans doute, mais non pas la règle ; la loi concernant les privilégiés, mais non le droit commun. Donc, l'abrogation n'a pas fait lacune dans le droit commun du royaume, qu'elle a seulement rendu plus complet en retranchant les dispositions exceptionnelles.

« Si les conséquences des duels, meurtres et blessures, étaient irréprochables par cela seul qu'on n'a pas voulu leur faire l'honneur de les réprimer nominativement, sous prétexte encore des fausses couleurs sous lesquelles on les excuse (convention des combattants, armes égales, attaque et défense réciproque ou quittances, et autres grands mots imprimés au vocabulaire immoral des duellistes), quelles limites oserait-on assigner à ce genre de désordre qui blesse profondément la morale et la religion!

« Après le duel à l'épée, ancienne arme des chevaliers, est venue l'école du tir et le duel au pistolet. De quel droit empêcherait-on le duel au poignard ou au couteau? S'il suffit que les duels soient égaux, il ne sera pas seulement permis de se battre deux à deux, mais quatre contre quatre, sinon huit contre huit, et nous retombons dans les guerres privées! On se contentera d'avouer, dans un considérant dogmatique et dénué d'application, que les duels sont une grave atteinte à l'ordre public.

« Car enfin, de quel droit, je ne dirai plus les magistrats, mais les juges du camp prétendront-ils faire des exceptions et assigner à cette fureur un *temps d'arrêt*, puisque aucune loi n'y met obstacle, et que la loi de légalité n'est pas blessée? — De quel droit défendre de *viser son adversaire*, comme l'a fait un arrêt? De quel droit interdire le choix entre deux pistolets dont un seul sera chargé, seul moyen d'équilibre et de chance égale entre l'homme qui éteint une bougie avec son pistolet, et l'homme inexpérimenté qui n'a jamais manié d'arme à feu?

« On verra des arrêts comme celui déféré à la Cour (quoique je le discute sous le rapport des principes et non sous le rapport du fait), qui auront trouvé un duel parfaitement égal entre un homme exercé aux armes et un adversaire reconnu étranger au maniement de l'épée. — Voilà jusqu'où va l'oubli des lois! et je ne conclurais pas de toutes mes forces à la cassation!

« Magistrats, je vous en adjure, revenez sur une jurisprudence erronée, fatale à l'ordre public, à la morale, au sentiment religieux! La Cour entière et avec elle tous les gens de bien applaudiront à votre arrêt. — Le préjugé ne peut agir sur vous! Au sein même de la société, nous le voyons s'affaiblir chaque jour. Mais quelque vivace qu'on le suppose, s'il est contraire à la raison et à la loi, s'il presse profondément les règles de la morale et de l'ordre public, sommes-nous donc magistrats pour y céder ou plutôt pour y résister?

« N'est-ce point pour les juges qu'il est écrit : *Non sequeris turbam ad malum faciendum, nec in judicio plurimorum acquiesces sententiæ, ne à vero devies?* Chercherons-nous à passer pour braves plutôt que pour justes! Et n'y a-t-il pas assez de courage, le seul qui soit permis, à résister au torrent des passions humaines! — S'il faut faire céder la loi au préjugé, les dettes de jeu, je l'ai déjà dit, devraient entraîner une action en justice, car on les appelle aussi *des dettes d'honneur*. — La *vendetta* en Corse est aussi fondée sur le point d'honneur. Dans les endroits reculés de l'île, sous la chaumière du pâtre ou du bûcheron de la forêt, c'est un devoir de venger la mort de son parent. Ils sont en cela reculés de plusieurs siècles; ils ont encore les idées des Bourguignons et des Danois, comme les duellistes conservèrent les idées du XIIe siècle! Eh bien! faudra-t-il, en Corse, céder aussi au préjugé, et dire que la mort donnée sous un tel prétexte est innocente comme la mort donnée dans un duel! Tant il est vrai qu'abandonner la loi, comme on l'a fait sur un point aussi capital, c'est abandonner la morale, c'est renier la société civile, et mettre la brutalité individuelle au-dessus de l'ordre public!

« Hélas! Messieurs, faites attention surtout au temps où nous vivons. Aucun ne fut plus favorable pour rendre aux vrais principes du droit leur légitime action. Le gouvernement constitutionnel est celui de la loi, et le régime de la loi exclut tout appel à la violence individuelle. — La théorie des duels, je l'affirme hautement, est la destruction de l'ordre légal, c'est reculer en masse la société civile, ses lois, les tribunaux :

c'est se faire justice à soi-même, se faire législateur, juge et bourreau dans sa cause, en attachant de son autorité privée la peine de mort aux causes souvent les plus faibles et les plus légères, quand ce ne sont pas les plus honteuses et les plus flétrissantes.

« Et, chose étonnante! parmi les apologistes du duel, se trouvent des écrivains, des orateurs, qui sollicitent l'abolition de la peine de mort, qui soutiennent que le droit de l'homme sur l'homme ne va pas jusque là, et qui pourtant à l'instant même où ils contestent à la société entière l'exercice de ce droit, le revendiquent pour eux-mêmes, et l'accordent au premier venu! — Il y a des lois, des magistrats, n'importe! comme les anciens rois, ils prétendent ne relever que de leur épée; je n'ajoute pas et de Dieu, car de Dieu, il n'en est pas question pour les modernes duellites! — En cela, j'ose le dire, les partisans des duels se montrent plus barbares que les anciens peuples qui portèrent ce nom. — Si, parmi ces peuples grossiers, l'usage des combats prévalut, c'est à défaut de lois meilleures, que le siècle de tenèbres où ils vivaient ne comportait pas. — Mais, de nos jours, en présence de lois qui ont réglé tous les intérêts et tous les droits, avec des magistrats, des tribunaux institués pour rendre la justice à chacun selon son droit, faire appel à la force et retourner au duel, c'est de la barbarie, qui, cette fois, n'a pas d'excuse.

« Est-ce donc là, magistrats, ce que nous sommes appelés à préconiser dans le sanctuaire de la justice! Et puis l'on viendra se plaindre que l'esprit de révolte et d'insubordination fait des progrès! Et qu'est-ce donc, je vous prie, que l'émeute, si n'est un grand duel, un défi armé proposé à la société? — Pour moi, ma conviction sur cette question est formée au plus haut degré. Si mes efforts étaient impuissants cette fois, je les renouvellerais. En toute occasion, je m'élèverai contre l'illégale et l'immorale pratique des duels; j'éloignerai de ma conscience d'homme public et de magistrat le plus cuisant des remords, celui d'entretenir au sein de la société un préjugé homicide, et de contracter une sorte de complicité dans tous les duels dont la fréquence et l'impunité se trouveraient encouragées par la plus funeste de toutes les erreurs de droit. — Croyez-moi, Messieurs, ce qu'il faut dans ces circonstances, ce que la société française attend, ce n'est pas une autre loi, c'est un autre arrêt.

« Dans ces circonstances, et par ces considérations, nous estimons qu'il y a lieu de casser. »

ARRÊT

DE LA COUR DE CASSATION.

LA COUR; — Vu les art. 295, 296, 297, 302, 309 et 310, Cod. pén.; — Attendu que, si la législation spéciale sur les duels a été abolie par les lois de l'Assemblée constituante, on ne saurait induire de cette abolition une exception tacite en faveur du meurtre commis et des blessures et coups volontaires portés par suite de duel;

Que, sous le Code des délits et des peines de 1791, ces meurtres, blessures et coups étaient restés sous l'empire du droit commun; que le décret d'ordre du jour du 29 messidor an II ne se réfère qu'au Code militaire et n'est relatif qu'à de simples provocations de militaires d'un grade inférieur envers leur supérieur;

Que le Code de l'an IV a été rédigé dans le même esprit que celui de 1791, et ne contient aucune disposition nouvelle sur cette matière;

Attendu que les dispositions des art. 295 et 296, Cod. pen., sont absolues et ne comportent aucune exception; que les prévenus des crimes prévus par ces articles doivent être dans tous les cas poursuivis ; — Que si, dans les cas prévus par les art. 327, 328 et 329 du même Code, les chambres du conseil et les chambres d'accusation peuvent déclarer que l'homicide, les blessures et les coups ne constituent ni crime ni délit, parce qu'ils étaient autorisés par la nécessité actuelle de la légitime défense de soi-même ou d'autrui, on ne saurait admettre que l'homicide commis, les blessures faites et les coups portés dans un combat singulier, résultat funeste d'un concert préalable entre deux individus, aient été autorisés par la nécessité actuelle de la légitime défense de soi-même, puisqu'en ce cas le danger a été entièrement volontaire, la défense sans nécessité, et que ce danger pouvait être évité sans combat;

Attendu que, si aucune disposition législative n'incrimine le duel proprement dit et les circonstances qui préparent ou accompagnent cet acte homicide, aucune disposition de la loi ne range ces circonstances au nombre de celles qui rendent excusables le meurtre, les blessures et les coups;

Que c'est une maxime inviolable de notre droit public, que nul ne peut se faire justice à soi-même, que la justice est la dette de la société tout entière, et que toute justice émane du Roi, au nom duquel cette dette est payée (art. 48 de la Charte);

Que c'est une maxime non moins sacrée de notre droit public, que toute convention contraire aux bonnes mœurs et à l'ordre public est nulle de plein-droit (art. 6 Code civil); que ce qui est nul ne saurait produire d'effet, et ne saurait à plus forte raison paralyser le cours de la justice, suspendre l'action de la vindicte publique et suppléer au silence de la loi, pour excuser une action qualifiée crime par elle et condamnée par la morale et le droit naturel;

Attendu qu'une convention par laquelle deux hommes prétendent transformer de leur autorité privée un crime qualifié en action indifférente ou licite, se remettre d'avance la peine portée par la loi contre ce crime, s'attribuer le droit de disposer mutuellement de leur vie, et usurper ainsi doublement les droits de la société, rentre évidemment dans la classe des conventions contraires aux bonnes mœurs et à l'ordre public;

Que si, néanmoins, malgré le silence de la loi et le vice radical d'une telle convention, on pouvait l'assimiler à un fait d'excuse légal, elle ne saurait être appréciée qu'en Cour d'assises, puisque les faits d'excuse, admis comme tels par la loi, ne doivent point être pris en considération par les chambres du conseil et les chambres d'accusation, et ne peuvent être déclarés que par le jury;

Qu'il suit de là, que toutes les fois qu'un meurtre a été commis, que des blessures ont été faites ou des coups portés, il n'y a pas lieu par les juges appelés à prononcer sur la prévention ou l'accusation, au cas où ce meurtre, ces blessures ou ces coups ont eu lieu dans un combat singulier dont les conditions ont été convenues entre l'auteur du fait et sa victime, de s'arrêter à cette convention prétendue;

Qu'ils ne peuvent, sans excéder leur compétence et sans usurper les pouvoirs des jurés, surtout sous l'empire de la loi du 28 avril 1832, statuer sur cette circonstance, puisque lors même qu'elle pourrait constituer une circonstance atténuante, ce serait aux jurés qu'il appartiendrait de la déclarer;

Que si, aux termes de la loi constitutionnelle de l'État (Charte, art. 56), aucun changement ne peut être effectué à l'institution des jurés que par une loi, les tribunaux ne sauraient, sans porter atteinte à cette disposition et à cette institution, restreindre, et moins en semblable matière qu'en toute autre, la compétence et la juridiction des jurés;

Attendu qu'il résulte de l'arrêt attaqué, que, le 29 janvier dernier, Pesson a, dans un combat singulier, donné la mort à Baron; que néanmoins la Chambre d'accusation de la Cour royale d'Orléans a déclaré n'y avoir lieu à suivre contre ledit Pesson, par le motif que ce fait ne rentre dans l'application d'aucune loi pénale en vigueur, et ne constitue ni crime ni délit; qu'en jugeant ainsi, ladite Cour a expressément violé les art. 295, 296, 297 et 302, Code pén., et faussement appliqué l'art. 328 du même Code; — Casse..., et renvoie devant la Cour royale de Bourges, Chambre de mises en accusation, etc.

Du 22 juin 1837. — Chambre criminelle — *Président*, M. Portalis, p. p. — *Rapporteur*, M. Dehaussy. — *Concl.*, M. Dupin, procureur général.

FIN.

Milton Keynes UK
Ingram Content Group UK Ltd.
UKHW040654231024
449953UK00005B/30